Botho Strauß

Der Untenstehende auf Zehenspitzen

Carl Hanser Verlag

1 2 3 4 5 08 07 06 05 04

ISBN 3-446-20491-1

Satz: Satz für Satz. Barbara Reischmann, Leutkirch
Druck und Bindung: Ebner & Spiegel, Ulm
Printed in Germany

Der alte Schnee trägt noch die Maske der großen Wehe, die vor kurzem die Türen und Wege zufegte. Auf dem weißen See sitzen die Angler vor ihren Eislöchern wie Gaukler, die ihre Kunststücke vergaßen. Es wird auf nichts hinauslaufen. Wie die starren Krusten und Skulpturen des Frostes. All diese Seiten, Einsprengsel eines nie erzählten Romans, werden auf nichts hinauslaufen, wie das Leben selbst, Abschnitt und Stückwerk vom Endlosen. Wie der Lichtregen der Leoniden in einer kalten Novembernacht. Wie die Briefe eines jungen Mädchens, das dem einen wie dem anderen seine Liebe gesteht. Das im Anblick des einen den anderen vergißt. Und im Anblick des anderen den einen wiedersieht. Bis nichts Festes mehr zu erkennen ist. Der Ehrgeiz jeder Erzählung muß es sein, von ihren Lesern behalten und erinnert zu werden. Einzelne Flocken aber erlöschen schon im Sinken, oder ihr Wirbel bietet den hübschen Anblick eines tanzenden Vergessens. Was übrigens in der Schrift nicht ganz so leicht gelingt wie in den elektronischen Medien. Doch auch hier schmelzen die Kristalle ferner Ideen in der Abwärme unserer Häuser. In der Sphäre einer geschäftigen Intelligenz.

Die Spieler müssen um ein wenig Aufschub ersuchen, damit sie ihre Partien beenden können. Einen gnädigen Nachschlag an Zeit, Epoche und Schicksal. So geraten die Geschäftigen, ohne es je zu bemerken, in eine dilatorische Phase. Alle Eile umfaßt ein Aufenthalt. Der

Aufenthalt vergrößert, vergröbert, verbreitert und verlangsamt das Miteinander, zögert vieles hinaus und schleppt an Gehabtem und Abgelebtem schwer. Das Unternehmen in seiner Substanz ist längst erledigt, doch es wird ihm ein Moratorium gewährt.

Die alten Spiele müssen erst beendet sein, bevor wir ein neues beginnen …

Die Stimmungen im Land ziehen dahin wie die Wolkenschatten über unsere Weide. Befindlichkeiten sondieren, das ist, als wollte einer Badeschaum an die Wand nageln.

Aber die Gestimmtheit eines Menschen, mit der er der Welt begegnet, ein dauerhaftes Konzept seiner Irrationalität, wie steht es um sie? Vor dreißig, vierzig Jahren war verbreitet die Gestimmtheit der Angst. (Schrecken der Kernspaltung, Ölschock etc.) Inzwischen überwiegt allgemein eine Gestimmtheit, die einerseits von Funktionslust, von großer Weltbeholfenheit geprägt ist, andererseits von großer Enttäuschung. Denn das meiste ward nicht, wie es versprach zu werden.

Allerdings geschah das Weltbewegende in letzter Zeit unverheißen und überraschend. Darauf kann man sich aber nicht einstellen. Die Ahnungslosigkeit des Menschen bleibt die letzte Unschuldsressource dieses Bewußtseinssauriers.

Windstille und Sturm, ihr Wechsel verändert den Raum einschneidender als Tag und Nacht. Den brüllenden Böen ausgesetzt, hier auf dem Hügel, wird man fast taub. Aber wenn kein Lüftchen sich regt, auch wiederum sehr hellhörig.

Vor uns liegt dichtes Gebüsch. Der Weg bricht ab – mitten im Weg. Haben wir vielleicht den letzten Abzweig übersehen? Gab es überhaupt Abzweige? Warum verläuft gerade hier die seltsame Trennung zwischen geebnetem, gewalztem und zuvor gerütteltem Untergrund und abrupter Wildnis? Warum *schneidet* sie den Weg ab und übernimmt ihn nicht noch ein Stück weit, so daß er allmählich ausliefe oder mündete in unwegsames Gelände? Weil die Leute immer nur bis an diese Grenze den Weg gingen und heute noch gehen? Gingen sie denn nicht bequem und ohne zu ahnen, daß er so jäh enden wird? Sie näherten sich doch nicht der Trennlinie zwischen geschottertem, geglättetem Weg und undurchdringlichem Dickicht, sondern standen unversehens vor ihm. Der Weg ging ihnen verloren. Ist es so?

»Bis hierher und nicht weiter« hieß in den frühen achtziger Jahren ein Sammelband mit Aufsätzen, die sich mit der Aggressionstheorie von Konrad Lorenz beschäftigten. Das Bibelwort blieb durchscheinend in all den Moral-Debatten, wo immer es um Grenzen ging, die der Mensch zu seinem Wohl sich freiwillig setzen möge. Grenzen des Wachstums, Grenzen dem Ausbluten der Erde, dem Treibhauseffekt und wie sonst die Formeln des neuen, des ökologischen Menschheitspathos lauteten. Ähnliche Pathosformeln tauchen heute in der Kritik an der Biotechnologie wieder auf. Die Grenzen der Selbstbestimmung, das Ausbluten des Humanum etc. Proklamationen gegen den Autonomie-Frevel der Wissenschaften.

Bis hierher und nicht weiter ist ein Schöpfungs-Befehl, von dessen Bannkraft und Autorität wir nurmehr ein schwaches sprachlich-poetisches Nachbeben empfangen. Es ist des Herrn Wort an das Meer: »Bis hierher sollst du kommen und nicht weiter; hier sollen sich legen deine stolzen Wellen.« (Hiob 38,11) ... »Und der Herr sprach aus dem Wetter zu Hiob: Wo warst du, da ich die Erde gründete? Sage an, bist du so klug!

Weißt du, wer ihr das Maß gesetzt hat oder wer über sie eine Richtschnur gezogen hat?« (38,4)

Eines nicht zu fernen Tages werden die besten Köpfe nicht mehr erkennen wollen, was zuvor noch kein Mensch erkannt hat. Sie werden vielmehr von der Neugier gepackt, erkennen zu wollen, was einst *der Mensch* erkannte.

Kaum noch erstaunen die jeweils neuesten Entwicklungen. Und nichts langweilt in ihrer Begleitung mehr als die *Standpunkte* oder das emsige Festhalten an Selbstbestimmungs- und Schutzbegriffen vom Menschen und vom Menschlichen. Nichts erscheint gestriger als solche Kautelen, nichts blasser als die Farben der Bedenkenträger.

Wie kann es sein, daß ich, ob als Experte oder Zeitungsleser, in die persönliche Freiheit versetzt werde zu sagen: Ich finde die medizinische Verwendung adulter Stammzellen akzeptabel! Oder: Ich lehne therapeutisches Klonen strikt ab! Wo es zu einer solchen Freiheit kommt, ist die Debatte bereits entschieden. Ein Ethiker müßte die subjektive Freiheit der Ja/Nein-Entscheidung im voraus bestreiten. Das durchschnittliche Öffentlichkeitsfaktotum, der Politiker und seinesgleichen, wird sie sich immer herausnehmen. Der bekannten Dämonologie des ungehinderten Fortschritts stellt sich die nicht weniger riskante Dämonologie des Aufenthalts entgegen, welcher der Freiheit Eintrag tut, zugunsten der Wiedererstarkung von Furcht, einer Rohmasse der Ehrfurcht. Ohne Aufenthalt keine existentielle Erholung. Ohne Fortschritt keine Chance, daß das bereits Angerichtete sich selbst korrigiere oder gar überwinde.

Es bleibt ein großes Vergnügen, sich in vergangene Weltbilder zu vertiefen, die man versteht. Deren man dank eines nie abgerissenen inneren Transfers sogar teilhaftig blieb. Auch wenn es nur sporadisch, in einigen Bildern der Ehrfurcht und des Grauens, plötzlich uralt in uns wird.

Nur die Dichtung, in der sie *aufgehoben* sind, beschert das Erlebnis längst verfallener Weltbilder. In der Dichtung erhalten sich Denkformen, die der »weiterreichende Erkenntnisprozeß« längst abgestreift hat. Die Epochen haben ihr Wissen hinterlegt im poetischen Besitz (vgl. Michael Landmann: Tout finit par des chansons, im vierten Band der gesammelten »Antaios«-Hefte).

Wenn man nur aus Herz bestünde, so würde es entweder auf der Stelle vor Haß platzen oder vor Erbarmen stehen bleiben. Aber auch der Geist, ganz allein mit sich, würde sofort in Ohnmacht fallen.

Mein Freund, der keine Kinder mit seiner Frau bekommen hatte, nahm meinen Sohn für ein Jahr in sein Haus, da ich in einem entfernten Land arbeiten mußte. Ich hatte ihn bis dahin als einen zuverlässigen, in sich gekehrten Menschen gekannt, wenn er einmal im Jahr mit mir eine Gebirgstour unternahm. Jedoch kaum war er mit meinem Kind allein, schien er ein gänzlich anderer geworden. Alles, was ich dem Sohn bis dahin verborgen hatte, wurde ihm während meiner Abwesenheit von diesem Mann enthüllt. Es wurde vor ihm ausgesprochen, was ich immer verschwiegen hatte. Es wurde ihm gezeigt, wovon ich ihn sorgsam abgelenkt. Das Unheil des Wissens, der Fluch der Vernunft, der ganze verrußte Innenraum unserer kläglichen Gefangenschaft wurde ihm hastig und mit einem Mal entdeckt. Samt der eigenen Schmerzen, Plagen, Angstschreie, denn der Hüter meines Kinds konnte nichts von seiner Verzweifelung zurückhalten und besaß ein unerschöpfliches Maß an Selbstbedauerung. Er meinte dem Kind seine eigene unerklärliche Unreife oder Mißerwachsenheit erklären zu müssen. Doch er tat nichts unverfänglich und in Ruhe dar, er warf sein persönliches Unglück wie ein Bahrtuch über den Jungen. Er bewies ihm an seiner Verkehrtheit die Wurzeln des Ärgsten und Schlimmsten in dem ganzen verkehrten Menschengeschlecht. Er drückte ihn zu Boden mit seinen gewissenlosen Bekenntnissen. Aber der Junge erhob sich jedesmal schnell, denn er war stark und ließ sich von den Seelendünsten dieses Menschen nicht benebeln. Er ertrug, daß ihm gewaltsam die Augen geöffnet wurden, denn er glaubte, daß das Übel, das ihm gezeigt wurde, *nicht bis ans Ende erblickt sei.* Die Dinge, unter denen wir leiden, so wollte er sagen, seien für uns nur deshalb qualvoll, weil sie so schnell in einen vorläufigen Begriff münden, in ein vorläufiges Bild, das sich in uns festsetzt. Was unsere Qualen aber zum Vorschein bringen, das hielten wir unbedingt für das abschließende Bild. In Wahrheit aber sei es doch ein deutlich durchscheinendes, ein Zwischenbild. Ob er denn eines dieser durchscheinenden Bilder zu-ende-sehen könne? fragte der Mißerwachsene. Ich selber kann nichts zu-ende-sehen, erwiderte der Junge. Aber beinah in allem, was ihr mir zeigt, erkenne ich den Vorwand und den unfreiwilligen Aufenthalt eures Sehens, ein Herumstehen und ein bitteres Verweilen. Es wird mir vermutlich wenig nützen, was ich da weiß und niemandem vorführen kann. Eines nicht fernen Tages stoße ich wie jeder andere zu euch in den zugigen Wartesaal der Gequälten. Doch vielleicht ist dann schon woanders der Aufenthalt.

Die Schlußbilder versiegeln das menschliche Bewußtsein. Dahinter kann kein tieferes Verstehen liegen. Seit Menschengedenken sind sie dieselben, mal reich, mal ärmer ausgeschmückt. Sie sind die Siegel, die das Unbegreifliche dem Verstand einprägte. Es gibt nichts Denkbares jenseits des Bilds der Hölle. Ebensowenig wie jenseits der Bilder von Ödipus, Golgatha, Hiroshima. Man hat nun zwei Möglichkeiten: entweder immer wieder, mit jeweils neuem Anlauf, die bildlichen Verschlüsse der Vernunft zu bestätigen, oder vor ihnen auszuweichen und die Ausrede des Geistes zuzulassen.

Wenn man die Alten (die Modernen des zwanzigsten Jahrhunderts) liest, so scheinen viele von ihnen das geringe Publikum, das ihren Neuerungen aufgeschlossen war, für die sichere Vorhut der künftigen Kulturmenschheit genommen zu haben. Jemand, der der Schrift wirklich verbunden war, war es auch denen, die niemals lasen. Denn die Dichter waren ja der Nie-Leser und der sonstwie Abgelenkten auftraglos Beauftragte. Inzwischen sind die verbliebenen Dichter geneigt, sich den nicht lesenden Massen zu präsentieren, ja geradezu aufzudrängen als Proselytenmacher der Leserei um jeden Preis. Kritische Köpfe, die sie nun einmal sind, mystisch

Unbegabte, können sie sich nicht vorstellen, daß die Massen sie, die Dichter, gleichsam erschweigen und dabei nicht gestört werden wollen.

»Du bist jeder einsame Augenblick«, heißt es bei Borges, und so stelle ich mir die Zeit als ein Fliegenauge vor, ein Facettengebilde von einsamen Augenblicken, durch das allein der Mensch sehen und erkennen kann.

Nach altägyptischem Glauben ist jeder Garten ein Vorgarten zum ewigen. Ein Anschlußort, eine Rezeptorstelle für das jenseitige Land. Nichts an ihm ist geschlossen, alles wird zur Schwelle. Die fleißigen kleinen Menschen sind eingeteilt in riesige Dienstleistungsblöcke, Unzählige, die nur für die Einhaltung der Bestattungsriten zuständig sind, für die Wacht und Pflege der unermeßlich langen Totensäle. Denn Dasein heißt sein Leben vom Tod her aufzäumen. Und es sind nur schmale sonnige Landzungen, die aus dem Totenreich hervorragen und von den Lebenden bewohnt werden.

Statt zu sagen: es läuft auf nichts hinaus … kann man auch sagen: es verläuft sich. Es glüht aus wie das Universum, kehrt nicht an den Anfang zurück, die Zeit hat alles zur Strecke gebracht, am Ende sich selbst. Das Runde, Wiederkehr und Kreislauf, tröstete und barg. Jetzt haben wir nur noch die Spitze des Pfeils, welche tötet.

Malherbe, dem man von Hölle und Paradies sprach, sagte: Ich habe gelebt wie alle, ich will sterben wie alle, ich will gehen, wohin alle Menschen gehen.

Alle: die große Bergung. Angesichts des maßlos Ungewissen gibt es nur die Gewißheit, das Schicksal aller zu teilen. Und die Hoffnung, nicht unterschieden, vorsortiert, gesondert, erwählt zu sein. Wenn alle ins Jenseits treten, so besteht es aus allen in ihrer absoluten Ununterschiedenheit. Dies ist zumindest ein Teil der Verheißung.

Versteht man, weshalb Saul sich zu verstecken wünschte? Jeder weiß, weshalb Adam es versuchte. Aber Saul? Als man ihn zum ersten König Israels ausrufen wollte, fand man ihn nicht. Er hatte sich unter dem Unrat des Hauses versteckt.

Immer zu hören das ferne Schütteln beliebiger Namen, das Purzeln der Lose in unsichtbaren und fernen Tombolatrommeln. Herauszufallen als der Getroffene! ... Ein Leben, dem Unscheinbarkeit heilig war und auch am zuträglichsten, fürchtet das große Los beinah mehr als das vernichtende ... »ward getroffen Saul, der Sohn des Kis. Und sie suchten ihn: aber sie fanden ihn nicht ... Siehe, er hat sich bei dem Gerät versteckt« (1. Samuel 10,21 f.).

Überall ist dein Name, in unzähligen Dateien und Speichern bist du versteckt. Eines Tages bist du's, der Getroffene. Auserwählt, ein Jahr lang in einer durchsichtigen Kugel zehntausend Meter unter der Erde zu wohnen mitten im Großen Feuer. Ein Probewohnen ... hinter magmafestem Glas.

Eine überalterte Gesellschaft mag sich eine Menge künstliches Jugendlichkeitsserum zuführen. Doch niemand wird jung ohne junge Zeit.

Der Krieg gegen die Greise ist nicht zu gewinnen.

Vielleicht hatten mir die vielen sinnlichen Nichtmehrs meines Lebens – von der Schreibmaschine bis zum Fünfzig-Pfennig-Stück – den natürlichen Gegenwartssinn getrübt. Vielleicht hatte diese Erfahrung in mir eine Art Präteritum-Gen aktiviert, so daß ich vieles von dem, was sich *gerade* um mich herum zutrug, unwillkürlich in der Vergangenheitsform erlebte. Manchmal so sehr, daß ich den Eindruck gewann, das gerade Geschehende müsse eine weit zurückliegende Angelegenheit oder Affäre sein, mit bereits feststehendem Ergebnis. Und meine ganze Gegenwart erfüllte sich in der Anstrengung, es doch noch ändern oder aufheben zu können. Natürlich ohne Erfolg. Auch führte es dazu, daß ich häufig vor einem Menschen stand, dessen charakteristisch ererbten Gesichtszüge mein inneres Auge soweit zurückverfolgte, bis er einem seiner Vorfahren glich. Und so erkannte ich in allem, was jetzt ist, sein schöneres Nichtmehr.

Man könnte wohl sagen, jede Epoche ist gleich weit von Vorzeit und Mythos. Vorausgesetzt, man verwechselt des Menschen Verpackung nicht mit seinem Inhalt.

In der Kunst schadet es, sich zu früh zu viele Freiheiten herauszunehmen. Spät sich einige Freiheiten herausnehmen, wiegt mehr.

Alles geht nur deshalb so schnell, weil es steht. Die vielen Beschleunigungen erreichen eine jeweils höhere Schleife der Langen Weile.

Die Illusion, daß etwas zu Ende gehe, gehört noch zum Zeitalter der Revolutionen. Wenn jeder seinen *Standpunkt* aufgäbe, beträfen ihn keine Beschleunigungen mehr.

Keine sterbende Zeit ist möglich. Dafür fehlt jeder Sinn und jedes Sentiment, so wie wir leben, unter den vielen Verschüttungen. Der wilde doppelgeschlechtliche Agdistis, Felsgeburt, liebte den phrygischen Attis, und der unbegreiflich Urtümliche wurde der ständige Begleiter des Prinzen. So geht einer entlang mit dem anderen, beide aus verschiedenen Kulten und Mythenwinkeln, beide nur verbunden durch stumme Anziehung. Der Primitive schenkt dem Edlen sein erbeutetes Wild. Attis aber brüstet sich damit, als habe er's selber erlegt. (Und der Trebegänger legte seinem Götzen alles zu Füßen, was er zuvor im Kaufhaus gestohlen hatte.)

Dem schönen Attis, der sich im Rausch entmannt, gewährt Zeus, daß seine Haare nicht verwesen, sondern weiter wachsen, und daß sein kleiner Finger lebendig bleibe und sich ständig bewege ... Also der Daktylos anstelle des Phallos? Übersetzen wir weiter und sagen: der schöne elektronische Schatten, die ideale Digital-Erscheinung, der AI-Ephebe, der dich anstrahlt und liebt und zugleich unendlich intelligenter ist als du. Jedoch er ist deiner »klassischen« Gestalt verfallen, deiner körperlich-seelischen Anfaßbarkeit, deinen naiven und eindimensionalen Assoziationen, wenn er auch deine sinnliche Unberechenbarkeit fürchtet. Der Digitale liefert dir eine Fülle an kostbarem Material, das verwegenste Wissen, und legt es dir zu Füßen, das Netzgezücht umwirbt den Altexistentiellen.

Das höchste Bewußtsein wird zuletzt mit allem einverstanden sein, einfach mit allem.

Grau und trüb, Frost und Milde wechseln nervös, Schnee stiebt unter das Dach des Kornspeichers. Ich hadere mit meinem Ort. Schwere Vertrauenskrise. Barbarenwinkel, Wetterdrecksloch und Totschlägerpfuhl. Kinder schlagen hier Kinder tot! Zwölfjährige saufen sich um die Besinnung. Ein Spielkamerad mit gefärbten Haaren wird als Jude beschimpft, erschlagen und in der Jauchegrube versenkt. Monatelang dieser unreife Winter, der nicht zum Austrag kommt, sich hinschleppt wie ein Krüppel, eine kranke Jahreszeit. Ich, der so viele Male beteuerte, der Ort sei bei jedem Wetter, zu jeder echten oder falschen Temperatur unvergleichlich und groß, verfluche ihn nun, fühle mich an einen dreckigen, niederträchtigen Norden gefesselt, dem jede Lebensart abgeht. So wird man von den Winden wie von der Nähe der jugendlichen Mordgesellen zum Hintersassen, zur Lehmkreatur verformt, wird an die Erde geduckt von einer brutalen Faust, des Wetters wie des Menschenschlags.

Langer Gang unter grauem Gewölk, schwere Daunendecke, querfeldein, am Schwanensee, ein Bruch mit sechzehn stolzen Exemplaren. Am Ufer etwas wendig Schwarzes, vielleicht der Otter, auf dem Durchzug zum Odertal? Auf der anderen Seite des Feldwegs im Bruch nistet die Seeschwalben-Kolonie. Schwarzweiß, wild flatternd, sehr klagende Rufe. Finger zu kalt und klamm, um darauf zu pfeifen.

Schon zu meinen Kindertagen, als noch sehr wenig Autos über die Hauptstraße fuhren, so daß ich nach dem

Abendbrot, seligste Stunde, noch einmal zu den Freunden runter durfte, um auf der Fahrbahn den Kreisel zu peitschen, auf Stelzen zu gehen, mit aufgescheuertem Zeigefinger die bunten Murmeln, die hellen Klicker in die Kuhle zu schieben … schon damals waren die Dinge entdeckt und begonnen, die jetzt erst unser Leben ernüchternd verändern, Computer und Doppelhelix … Das Datum der Initiativen und ersten Schritte, die in ein neues Zeitalter führen, wird später für den Wissenschaftshistoriker ein revolutionäres. Doch erst ihre weitreichende Konsequenz, erst der massenhafte Gebrauch der neuen Dinge macht dann Epoche.

Ein unruhiger Mimiker war dieser unerwartete Besucher, der nichts wahrnahm von den Schönheiten der Umgebung, die ich ihm zeigte. Es war, als ob er rein gar nichts von außen bezöge, sondern nur in helles Entzücken geriet, wenn ihm eine gescheite Bemerkung gelang, wenn er einer plötzlichen kulturkritischen Verärgerung Luft machen konnte, die bei ein wenig Beachtung von Hügeln und Wolken niemandem in den Sinn gekommen wäre. Es trat ihm das Entzücken ebenso rasch ins Gesicht, wie es dort wieder erlosch. Ärger und Wut waren ebenfalls sofort draußen und stürmten über Stirn und Mundwinkel davon. Sein Gesicht hatte mehr mit dem Wetter gemein, dem veränderlichen Himmel über uns, als mit einer reichen Gemütsverfassung. Aber er sah eben den Himmel nicht, und seine Miene spiegelte ihn auch nicht wider. Er war gegen ihn völlig verschlossen. Er hatte genug mit sich und seiner eigenen überanstrengten Natur zu tun, und es war unverkennbar die eines selfmademan des Geistes.

Aber ist es nicht so, daß jeder Mensch, der dir gegenübertritt, auch der wohltuendste, dich an deine Verluste und Niederlagen erinnert? Alles, was du nicht wurdest, nicht bist – in seinen Augen findest du es. In seinen Augen bist du niemals, wofür du dich unangeblickt hältst. Das mutet dir kein Baum und keine Blume zu. Ein solcher Blick beginnt in der Welt erst beim Hund.

Menschen bestehen bis in ihr Innerstes aus unschuldigen Funktionselementen oder Modulen. Sie nehmen wahr, sie erdulden, sie beurteilen alles mit Hilfe austauschbarer und vorgefertigter Schaltteile.

Was in dir stünde nicht unter Beeinflussung durch einen anderen oder durch das Aggregat *der anderen*? Du kannst niemals wissen, wie leer du bist. Aber du kannst es plötzlich sein: beim Ausfall, bei einer kulturell bedingten Betriebsstörung dieses Großaggregats der Beeinflussungen. Aber wenn dann bloß dieser *eine andere* noch da wäre? Diente er etwa als Notaggregat? Nicht mir. Der andere ist schließlich einflußreicher als alle *die anderen.*

Er kann keine Menschen lesen, er liest sie falsch. Einen Leisetreter, einen Schleimscheißer hält er für diskret und vornehm. Einen groben Klotz für einen Kerl, mit dem man Pferde stehlen kann. Er ist ein Analphabet der Physiognomien und Charaktere. Er liest nicht, er verbrämt. Der Anblick eines anderen Menschen zündet auf der Stelle die Illusion, der er sich hingibt. Wie jemand, der zwangsläufig vom Augenlicht des anderen geblendet würde. Oder jemand, dessen Hirn jede realmenschliche Gestalt unwillkürlich in die Schablone einer Animationsfigur umsetzte.

Jemand behauptet von sich, er sei zu *fein besaitet*, um der Kunst der späten Streichquartette Beethovens standzuhalten. Allein mit sich könne er diese Musik kaum hören, ohne zerrissen und völlig aufgewühlt gegen die Zimmerwände zu rennen. Er brauche unbedingt die Gesellschaft eines anderen, gröberen Menschen, in dessen Schutz er op. 130 hören könne. Auf den Gipfeln dieser Komposition bezwinge ihn eine Art Höhenangst, er liefe Gefahr, sich vom Balkon zu stürzen.

Er hatte die Angewohnheit, die Hand an den Mund zu setzen, als wollte er etwas Verbotenes mitteilen, was aber nie der Fall war. Das Zeichen des Zuflüsterns begleitete auch offenkundige Banalitäten (»es gibt ja nur noch Backwaren-Kettenläden, kaum Einzelbäcker mehr!«). Er sprach, als gebe er die Quelle einer ungeahnten Weltgefährdung preis. In Wahrheit suchte er beständig Vertraulichkeit herzustellen, Exklusivität zwischen sich und dem anderen, der ihn beunruhigte, weil er eben ein anderer war.

Dieses im Umgang unbedarfte Mädchen hält einen glänzenden Vortrag über Lukrez. Man fragt sich, ob sie vielleicht von einem fremden, diabolischen Geist besessen werde. Aber da gibt es wohl ein neuartiges Gezücht, das bei größter menschlicher Blässe von einem überlegenen Kennen und Können beherrscht wird. Einige Turmhochbegabte. Darunter das Meer der Unbeweglichen.

Überhaupt wird sich ein Geschlecht herausbilden jenseits von Dummheit und Klugheit, ein Auswahl-

Geschlecht von Luziden/Luziferen. Keine zufällige Mischung mehr von Rüpel und Feingeist, von Gnomen und Seraphen. »Den Menschen«, den holprigen, unausgereiften, mit all seinen schönen und fragwürdigen Kriterien wird man nicht leicht wiederbekommen, der *ganze* alte Adam läßt sich nicht künstlich herstellen, sondern jeweils nur eine Einseitigkeit oder ein Extrem. Da aber die Gegebenheiten sich günstig zu den künftigen Möglichkeiten hin vorsortieren, liegt im Spektrum der Begabten schon jetzt eine Art Katalog von Sonderleistungen vor, nach dem man die spätere Zuchtfolge auswählen und bestimmen kann.

Wieviel, das einem wichtig war, hat man nur einmal kurz erwähnt, in ein Gespräch gestreut, und da es überhört wurde, dann auch bei sich selber fallengelassen! Es sind vielleicht die wichtigsten Einsichten, die auf diese Weise flüchtig sind und nie wieder zu erwischen. Sie geistern aber noch herum, und wenn man morgens im Flurspiegel an sich vorübereilt, hat man plötzlich darin Camus gesehen. Ein Foto von Camus schießt einem in den Sinn, oder von Eluard, Bataille, Max Ernst im Lipp oder Deux Magots, Männer in Trenchcoats, die Zigarette im Mundwinkel, mit glatt gekämmtem Haar. Man erwischt im Spiegel eine seiner jugendlichen Identifikationen, Glanzlichter, die sich in die eigene Strahlung mischten, mag sie an sich auch fahl und bescheiden sein, ein nimbisches Teil; etwas, das noch in deiner Sphäre schwebt. Was läßt sich schon erfassen und auf Quellen prüfen von den feinsten Beeinflussungen, die unentwegt den, der *schreibt*, konstituieren und wieder auflösen, dies durchlässige Zwischengeweb, das man fälschlich und hochtrabend *Autor* nennt?

Die Segler, die Späher, die Raubvögel über den Triften, die nie den Himmel himmlisch sehen, so frei und hoch sie auch schweben, die immerzu den Boden starräugig lesen, gleiten, ohne die Augen zu heben, und ihre Schwingen gleichen den entflohenen Brauen des Schläfers. Niemals sah man dort oben einen nach oben blicken!

Der Geist spielt viele Rollen des Verstehens. Wo immer man ihm eine Bühne freiräumt von überflüssigem Dekor, von Systemen und Ideologemen, wird er sich als der große wandelbare Mime erweisen, den sein zeitbedingter Ort nicht fesselt. Er kann der unverständige Hiob und der moderne Psychoanalytiker von einer auf die andere Minute sein. In der einen hintergeht er die Mode der Aufklärung, in der anderen versetzt er sich forschend in die Technik seiner eigenen Erkenntnisapparatur. Der Geist ist niemandes Zeitgenosse – und Historiker in jedem einzelnen Zugriff, jedem Nu des Begreifens. Auch Tag und Nacht wälzt er um nach eigenem Gesetz.

Es gibt Dispositionen des Subjekts, die sterben aus wie ehrwürdige Handwerkerberufe. Etwa der Außenseiter, der Antipode westlicher Prägung.

Nur das Unwillkürliche seiner Gestimmtheiten hat mich am Geist interessiert, die blitzenden Abstürze, die heiteren Aufschwünge in molkiggrüne Gipfelnebel. Es gibt kein Wissen als nur das gestimmte. Stimmungsvolle, stimmungsschwache Auffassungstoren, die wir alle sind, da und dort einen goldenen Zierat erwischend, fast immer ihn verfehlend, und dennoch so tun, als ob … wir wüßten.

Soviel mir auch verlorenging, das Ich versagte seinen Dienst nicht. Und gut war, daß es außerhalb seiner Grenzen nichts Weiteres versprach, noch etwa nach mehr verlangte. Wahrscheinlich werden seine Nachfolger, die intermediären Konzepte eines erweiterten Bewußtseins, dem alten Abenteurertum des Ichs keine Träne nachweinen. Schon weil sie tränenlos geboren sind.

Eine Anomalie zu sein inmitten der geregelten Zonen der Abnormitäten, heißt eine schöne Anomalie, ein ansehnlich Verwachsener, ein eleganter Behinderter zu sein. Die Anomalie lebt von der Latenz des Gesetzmäßigen, das in unbestimmter Folgezeit durch sie verändert wird. Die Abnormität berührt kein Gesetz und infiziert keine Regel.

Mit den Jahren gibt es nicht nur häufiger Gelegenheit, sondern sogar das Bedürfnis, dies und jenes unbegreiflich zu finden und still zu staunen. Man genießt es förmlich, frohen Herzens etwas töricht zu sein. Der Grenzgänger schüttelt ohnehin zuletzt sein Wissen ab, um vor dem allmächtigen Tod nicht im Flitterkleid dazustehen und sich lächerlich zu machen. Im härenen Gewand, mittellos und unerfahren, so scheint es geboten, ihm zu begegnen. Und gerade darin wird man wohl eine lächerliche Figur abgeben. Denn in Wahrheit war der Kandidat nur bereit, alles Wissen aufzugeben, *um noch hinter diesen einen dunklen Punkt zu kommen,* nämlich das Ende. Begleitet von niemandem als den letzten Getreuen unter seinen Worten. Es scheint ihm eine große Erleichterung, seine Unwissenheit noch erleben zu dürfen. Ohne zuvor durchs Unendliche zu müssen; ohne ein zweites Mal vom Baum der Erkenntnis naschen zu müssen. Wie der Verbrecher, den der Fluch trifft, an den Tatort zurückzukehren. Er aber bleibt tatenlos unter einem langsam sich entblätternden Begreifen. Unwissend, aber keineswegs wieder wie das Kind, das doch voller Neugier steckt. Neugier auf das endgültige Nicht-Wissen kann es nicht geben. Hier geht es um die Vollendung deiner Passivität: es wird dir nur noch genommen.

Allein die schöne Wissensdiebin könnte zuletzt den Wettbewerb unter den gleichmäßig Schönen gewinnen. Einst hieß sie Niume oder Viviane und verstand es, jenen Grenzgänger der alten Tage, den zaubermächtigen Merlin, mit Fragen zu umgarnen und ohnmächtig zu machen. Verführte ihn, stahl ihm sein Wissen und schloß ihn ein im Weißdornbusch. Aber besuchte ihn täglich. Hielt ihr Versprechen. Liebevoll bildete sie das Gehege (Klaustrum) für den Ausgeraubten. Umarmte ihn und schenkte sich dem Reglosen im Busch. Dann ging sie wieder davon und ließ vor Freude irgendwo im flachen Land einen Fluß entspringen.

Arvore aber – so nenne ich des Magiers erste Frau, von ihr fehlt jede Geschichte – Arvore sagte: Ich war die Dunkle und teilte mit ihm Trancegeist und Wunderglaube. Er aber liebte die Helle, die Blonde vom klugen Herzen. Ich war die langsame Frau, er liebte die leichte Viviane. Doch seltsame Wunder zeugten die beiden, Klugheit und Dunkelheit, Zauber und Sachverstand.

Wir wissen nichts über unsere Gewißheit.

Wieviel Dichtung und Philosophie verdanken sich dem Zweifel, ob dies alles hier, Leben und Greifbares, nicht ein Traum sei! Es ist eine universale poetische Reflexion. Ließe sich eines Tages, evolutionsbedingt, dieser Zweifel mit Endgültigkeit beseitigen, verfügten wir also auf einer nächsten Entwicklungsstufe über ein härteres und paßgenaueres Bewußtsein, so verlören wir mit der kognitiven Unsicherheit nicht nur ein weiteres Geheimnis, sondern womöglich den Zugang zu jeglicher Unwirklichkeit, die älter ist als virtuelle Räume.

Dies Verharren, dies Bei-der-Sache-Bleiben Tag und Nacht, obgleich sich die Sache dauernd entzieht, sich auflöst wie das Thema eines Schulaufsatzes, das man im Zuge unzähliger Einzeleinfälle aus dem Sinn verliert, das verschwindet unter lauter Abschweifungen, Überwucherungen, Verzierungen, Sprengungen, Lichtspielen und Tätowierungen. Wer wird *das Bild einer sich öffnenden Blüte* erkennen in den auseinanderfliegenden Teilen?

Zu Beginn des vergangenen Jahrhunderts zerfiel dem Krisenfühligen das Ganze zu immer kleineren Teilen, zu isolierten Partikeln. Doch die Nachfolgenden verstanden bald den Staub zu lesen und brachten den Teil und das Ganze in neuen Zusammenhang. Kein Zerfall, der nicht zu anderer Ordnung überginge. Keine isolierte Einzelheit, die unter neuen Blicken, neuem Wissen nicht bisher unbekannte Verbindungen preisgäbe. Niemand würde mehr von einer Krise des Erkennens sprechen. Es sei denn, man fände das Dilemma in der Ausbreitung des Wissens selbst, das wie die Moosflechte den *Baum der Sephirot* überwuchert, an ihm schmarotzt und ihn vermutlich irgendwann austrocknet. Flechten, die aus unserem Scheitel wuchsen, die Form unseres Leibs verhüllen und sich von den Knien abwärts mit unterirdischen Netzen verbinden.

Flaches Gewölk, auf dem Kopf stehende Meereswellen. Der Kenntnis der Tiefe folgte die Kenntnis der Fläche. Beide ergänzt die Kenntnis der Buchten und Nester, Flecken und Klausen, Taschen, Zysten, Schlupflöcher, die sich weder in die Weite noch in die Tiefe erstrecken, aber sowohl deren Unterbrechung wie Spezialfall sind, Fraktale. Krumm statt rund, unverhofft statt folgerichtig.

Der warme Atem der Weide am Abend. Die heitere Dünung am Himmel, das rotgoldene Wolkenvlies, am Boden schon die Nachtskulpturen der Bäume und Sträucher. Ein Turmfalke jagt eine Handvoll Spatzen, die im Gebüsch verschwinden. Er hockt zur Erde, seine Fänge, als hielten sie Beute, greifen und krallen, das ganze Programm des Schlagens läuft leer in den Muskeln ab.

Täglich sich etwas unergründlich machen, das ist das Leben!

Ich habe nie »Sprache besessen«. Hin und wieder bedienten sich Sprechende, die anders sprachen als ich, meiner Zunge. Auch schien mir ein rücktönendes Deutsch ertragreicher als ein neutönendes; eine Frage des Artenreichtums. Inzwischen wird man beinah unvermeidlich *retroglott*, aus Arterhaltungsgründen. Zurückweichend vor der Ödwelt der (Sprach-)User-Verständigung. Die meisten benutzen statt Worten nurmehr Paßworte, mit denen sie einander als zugehörig und ungefährlich ausweisen.

Als ich mit T. zu Mittag aß und er mir von Billies Tod erzählte, und auch ein anderer der alten Freunde sagte: Jetzt nach Billies plötzlichem Tod ... und ich wußte nichts davon, glaubte nicht daran, es schockierte mich nicht, es war mir nicht faßlich. Ich dachte *toot*? Scheint wohl ein obszönes Wort, four-letter-word für abwesend zu sein, und abwesend war sie seit langem.

Zu oft die Stärkere, zu oft hatte sie triumphiert. Versehrt von Siegen, unstillbaren Wunden des Entzückens, und dann, urplötzlich, zog sie sich aus der Liebe zurück. Unwürdige Gegner waren wir alle jetzt, die immer noch mit ihr spielen wollten. Donna di forza, die von einem Tag auf den anderen zur Inkluse wurde, voller Unduldsamkeit. Eine entsetzliche Bitte, die ganze Frau, um Besänftigung. Die aber konnte keiner von uns ihr verschaffen, nicht als Geistes- und nicht als Leibfreund. Unhandliche Größe. Über die mancher sich lustig machte. Gelächter der Zeit über die entschieden ihr Widrige. Gelächter der Zeit über das ungebärdig Weibliche, über die Vorzeit im Herzen dieser Frau. Ihre Schroffheit trieb sie in immer unbequemere Enge.

Die Schätze des Unglücks bergen unter den Schutthalden geschäftigen Glückens ohne Glück! Ausgraben die Kraft und die Begabung des Scheiterns. Not und Verzweiflung, verhüllt von lumpigen Verhältnismäßigkeiten, allein und ungemildert erfahren. Das Dasein ist uns ja unzugänglich geworden! Nun, mag sein, aber wer vermißt es? Alles Neue, so Billie, erfordert auch neue Zugangsweisen zum Alten. Nicht die Sibylle der Wahrsagung, der Gottesvermählung, der Verrücktheit, des Spotts oder der Revolution – allein *die ausgrabende Stimme*: Digging Billie. Schritten, sich durchzusetzen, folgten Schritte des Abwanderns, allzu schnell.

Bindungen unter Menschen setzen eine Folge von Wiedersehen voraus. So ist der Tod einmal nichts anderes als ein brutaler Wiedersehensräuber. Ich werde die geliebte oder auch nur gewohnte Person nicht mehr zur Tür hereinkommen sehen. Wenngleich sie da ist, im Raum bereits, ohne einzutreten.

Aussortieren, die Kleider, die Bücher, die alten Bekannten, die Pillen, die Redensarten, die Stühle, die Kosmetika, die Teppiche – das gesamte Zubehör dünnen, mit den üblichen Dingen brechen, unduldsam gegen jeden Überfluß. Das war der Weg, auf dem sie bis zuletzt Verjüngung suchte durch Entgütern.

In ihrem Schlupfwinkel, allein im Haus mit der uralten Mutter, saß sie mitunter verloren vor dem hochmütigen Stilleben der Dinge. Ungeschick allein ist es nicht, wenn die zu den Händen passenden Geräte und Gefäße auf einmal unhandlich werden, ein Widerstreben in sie fährt, gewöhnlich ihre »Dämonie« genannt, die in der Abgeschiedenheit ebenso wie in manchem Stummfilm zur Quelle einer metaphysischen Komik wird. Allein mit den Dingen, uneins mit ihnen.

Rilke schrieb ein Jahr vor seinem Tod an seinen polnischen Übersetzer: »Wir sind vielleicht die Letzten, die sie noch gekannt haben«: nämlich die »uns mitwissenden Dinge«. Die larischen, den Hausgöttern gehörenden Dinge, die Schüssel, das Brett, der Korb.

Oder die Brotmaschine, der Geschirrspüler, die Mikrowelle, mit deren Geistern wir Spätere nur fluchend verkehren, sobald sie versagen.

Wir erfahren, daß wir die menschliche Matrix verlassen haben, keine verschiedenen Kulturen mehr bilden, sondern konsensitive Gemeinschaften aus menschlichen und nichtmenschlichen Wesenheiten. »Der Anteil der Dinge« (Bruno Latour) in jedem von uns nimmt beständig zu. Jedenfalls solange wir uns im technozentrischen Spiegel gefallen und studieren.

Unsere Welt »hat aufgehört modern zu sein, seit wir alle Wesenheiten ersetzt haben durch Mittler, Delegierte, Übersetzer. Sie erinnert an frühere Zeiten mit all diesen Nuntien, Stellvertretern, Fürsprechern, Figurinen und Cherubinen ... Im Menschlichen kreuzen sich Technomorphismen, Zoomorphismen, Physiomorphismen, Ideomorphismen, Theomorphismen, Soziomorphismen, Psychomorphismen. Ihre Allianzen und ihr Austausch definieren alle zusammen den anthropos.«

Es ist Winter. Du, Billie, wirst den Winter noch riechen im Pfingstlicht. Und wenn du dein Grab abteufst auf tausend Meter unter den Erdboden, wirst du noch immer auf Schnee stoßen, wenn auch in versteinerter Form.

Wider die Abgebrühtheit! Vers l'enthousiasme! Was geht mich die nüchterne Rede an? Was interessiert mich der coole Stil? Wozu ist der Witz der Epoche denn gut?

Maria Zambrano, Cristina Campo waren Billies Vorbilder – zwei Überbringerinnen der razón poética.

Was nützt unsere Vernunft unter all den programmgesteuerten Dingen, die ihren Bestand und ihre Verbreitung unter sich ausmachen und eines Tages ihre Abmachungen ganz für sich behalten werden? Was nützt mir eine Welt ohne kindliche Mythologie? Wir brauchten sie nicht, weil wir eben keine Kinder mehr wären? Kommt ganz drauf an. Vielleicht sind wir sogar nur Kleinkinder des universalen Wissens, wer will das von hier aus bestimmen? Mythologien jedenfalls, die etwas üppiger gestaltet wären als Animationsfiguren, würden gewiß die *rational foolishness* ein wenig einschränken, die Vernunft dafür aber festigen und beschweren und ihr windiges Mitläufertum drosseln. Mythologien halten die Welt an. Rationalität gehört längst dem Denken der Dinge, die andere Dinge befördern und emsig alles tun, was ihrem Zusammenhalt nützt. Man erkennt nur noch schemenhaft die Herkunft aus einer menschlichen Begabung oder Veranlagung.

Im Blick zurück auf das zwanzigste Jahrhundert entwarf sie eine Szenerie in der Libyschen Wüste nach dem Muster der Flaubertschen »Versuchung«. Chimären der Moderne, phantastische Kreaturen des Wissens und der Geistesverirrungen, Tragelaphe von Kulten und Utopien, Dämonen der Ideologien und Dämonen der Aufklärung. Die große Geisterschar des Geistes. Der Blick zurück auf das zwanzigste Jahrhundert sollte nach ihren Plänen zur Versuchung eines Heranwachsenden (vielleicht einer Joseph-Gestalt) werden, der nach neuen Entscheidungen strebt und doch jedesmal, wenn er sich umblickt, fasziniert und gelähmt vor den

Freveln und Wundern der jüngsten Vergangenheit steht. Zwei Frauen begleiten und unterweisen ihn, die *Blonden vom klugen Herzen*, die ihm helfen, die Unzahl an bizarren Erscheinungen zu entziffern. Wenn es bei Flaubert etwa heißt: »Am Strand trafen wir Kynokephalen, volltrunken mit Milch, die von einer Erkundungsreise auf die Insel Taprobane zurückkehrten«, so finden wir bei Billie die nadelkissenköpfigen Atomphysiker, die von Dauermaulsperre befallenen Gesichter fanatischer Politiker, die lachsgestaltigen Ökologisten, die hühnerfüßigen Könige der Rockmusik, die aus Tibet zurückgekehrten Protestanten. Wir begegnen allerdings mehr Maulhelden als echten Idolen. Und auch die abgedankten Götter der Massen erweisen sich allesamt als Angeber. Wie Trinker prahlen sie mit ihren Anhängerscharen: »Meiner: das war mal der Glaube von hunderttausend Millionen von Menschen ...«

»Und meiner erst ...«

Die Vergehen der Epoche, die nach den großen Kriegen sich vom Politischen mehr ins Sittliche, Wissenschaftliche und Ästhetische verlagerten, werden von den Zeitgenossen als solche nicht erkannt, geschweige denn geahndet. Ihre Verurteilung bleibt späteren Generationen vorbehalten. Dafür fallen unversehns, als hätten es coole Dekonstruktivisten allein mit ihren Denkanstößen bewirkt, zwei Türme in New York zusammen. Der Terror unterbricht die Zeit des Aufschubs, die Unzählige damit verbringen, an Zerstörung zu denken und zerstörerisch zu denken. In diesem Moratorium zu hausen, zu brüten, Wissen anzusetzen wie Speck und dabei immer plumper zu werden, bringt dann ein ähnliches Ungeheuer hervor wie das Katoblepas bei Flaubert, das seinen gigantisch schweren Kopf nicht mehr aus dem Schlamm heben konnte.

Am Ende des Rückblicks auf all diese Glaubensformationen, diese Kalksteinschichten aus den Knochen Millionen Ermordeter, kommt dem jungen Sucher aber die geheimste Versuchung aus ihm selbst. Es ist der Verdacht, daß er kein Pionier, kein Kundschafter, kein Erstling einer neuen Vorhut des Glaubens ist, sondern vielmehr ein verirrter Nachfahr, ein hilflos Übriggebliebener, ja grauenvoller noch: ein vollkommen *in aller Zeit* Isolierter.

Das Gedicht vom Rückblick sollte den Gesetzen der Wiederholung gehorchen wie ein Gebet. Wie Fromme immer dasselbe noch einmal tun, nur unter immer feineren Schaudern! Immer feiner entsetzt, immer stiller verwundert. Da auch große Literatur, wieviel Neues sie immer bringt, sich doch nur umwälzt, langsam und vielstimmig, um wieder zum lieben Selben einzukehren, wie ein einziges gewaltiges, monotones Gebet.

Innovationen im Religiösen sind ebenso unmöglich wie die Vermehrung des Unendlichen. Auch kann es eine »neue« Einsamkeit nicht geben. Hier ist der Rückgriff jedem Fortschritt voraus. Die Einsicht in die Gestalt der Wiederkehr oder in Kreisläufe konnte nirgends den Flug des Zeitpfeils aussetzen, zuletzt nicht einmal mehr in der Quantenmechanik, die Gesetze irreversibler Prozesse gelten für universal. Daher sind wir auch nicht in den Grundfesten unseres Fortschritts*glaubens* zu erschüttern. Neben dem Gläubigen und dem Skeptiker darf der Fortschrittsagnostiker nicht fehlen. In seinem Weltbild regiert das Auf und Ab, die blobs and hops, die Hupfer und Tupfer, die Blasen im Fumarolenschlamm, die unregelmäßig da und dort sich blähen und zerplatzen, ohne daß es zum großen Beben kommt. Sie markieren die wechselnden Bewegungszentren einer umfassenden *Ständigkeit.*

Ein Appell von falscher Unerschrockenheit wie: *Glaubt an gar nichts!* ist immer nur für den Moment des Ausrufs ein Impuls der Stärke – was er auslöst, was ihm folgt, ist langanhaltende Schwäche.

Der Mensch, heißt es, sei das einzige Wesen, das sich beim Leben zuschauen kann. Nur bis zu einem gewissen Grad, könnte man einwenden. Das Wichtigste vom organischen Leben, Nervenchemie und Zellgeschehen, entgeht – bis jetzt, gottlob – dem Selbstbewußtsein. Auch im Verhältnis zu den überindividuellen Einwirkungen (etwa einer Kollektivzugehörigkeit), die manche unserer Schritte nach ihrem Sinne lenken, bevor wir überhaupt eine Absicht faßten, ist das Selbstbewußtsein nur ein eingeschränkt souveränes Evolutionsprodukt. Es ist gleichsam selbst ein angepaßtes *Organ.* Wir sehen uns gewöhnlich nicht mehr beim Leben zu, als es für dieses zuträglich ist. Wäre es anders und nähme plötzlich das Selbstbewußtsein übermäßig zu, indem wir etwa zugleich noch wüßten, *wie* wir wissen, dann wäre die Passung wohl beschädigt und wir könnten ohne nachzudenken nicht atmen. Das Selbstbewußtsein aber, das wir jetzt besitzen, behindert die Grazie eigentlich nicht, es ermöglicht im Gegenteil erst, daß wir einen Sinn für Grazie besitzen. Dazu muß es nicht erst durch ein Unendliches gehen, wie Kleist sagt, es ist vielmehr ein Medium des Unendlichen »in der organischen Welt«.

Die Dinge raten den Menschen: Werdet nicht wie wir (sicut materia)! Gehöret nie zu uns! ... Helle, schöne Dinge sind es, die auch mal eine Lippe riskieren ...

Kenosis des Menschen – auf seine Menschlichkeit verzichtend, begibt er sich unter die Dinge, um sie von ihrer Dinglichkeit zu erlösen. Begibt sich unter das Holz, die Perlenschnur und alle Siliciumverbindungen. Um ihretwillen ist »er, der reich war, arm geworden« (2. Kor. 8,9).

Viele von euch werden wissen, wie in etwa das eigne Auto funktioniert oder der Kühlschrank, der Fernseher. Ich aber sehe, sobald ein elektronisches Gerät in meiner Nähe in Betrieb genommen wird, unmittelbar alle internen Abläufe vor mir, jedes Halbleiterplättchen bis zur aufgedampften Isolationsschicht wird mir bewußt. Ich stelle sie mir nicht nur vor, ich muß sie nachvollziehen, haarfein physikalisch, informationstechnisch, jedes Eingangs-, jedes Ausgangssignal, jede Schnittstelle, jeden Prozessorbefehl. Ich besitze außer meinem sprachlichen Menschengeist, der gewöhnlichen Reflexionseinheit, gewissermaßen noch eine Nebenstelle, eine funktionelle Simuliereinheit, die mir jeden technischen Vorgang, jedes Netzwerk in blitzenden Lichtfasern ins Hirn einspiegelt. Es ist eine Extravorstellungswelt, welche den Verstand des Apparates übernimmt, so daß ich darin seine Tätigkeit unausweichlich nachvollziehen muß. Das ist sehr anstrengend. Stellt euch einen Menschen vor, der bei jedem Satz, den er gerade denkt, etwa: »Der Himmel ist blau«, zugleich ein exaktes Vorstellungsbild aller neuronalen Verbindungen, synaptischen Erregungen besitzt, die diesen lächerlichen Satz begleiten oder zustandebringen. Einschließlich der wichtigsten hormonellen Reaktionen im Hypothalamus, vor allem der opiathaltigen, welche das mit dem lächerlichen Satz verbundene bescheidene »Wohlgefühl« ausmachen ...

Ich, das ist kein narzißtisches, kein gläsernes, kein soziales Wesen mehr, das ist der lebende Decoder seiner Lebensvorgänge. Das ist der ganz und gar intrinsische Mensch.

Das Ungefähre, das Ähnliche, das Halbe, das Momentanprofil sind die eigentlichen Bewegkräfte unseres Denkens. Man hat beobachtet, daß gemeinsam aktivierte Neuronen ihre Verbindung untereinander verstärken. Solche Stabilisierung von oft realisierten Aktivitätsmustern, sogenannte »Assemblies«, bilden feste, aber irgendwie inkomplette Gruppen oder Vereinigungen, die einen starken Vervollständigungsdrang aufweisen, um sich gegen diffuse Erregung abzusichern. Entsprechend bilden sich unsere ruhigen »Begriffe« nur dank der neuronal vorgemusterten Fähigkeit, das Gemeinsame und Vergleichbare, das unerwartet oft in vielen verschiedenen Stituationen auftaucht, herauszufinden. Andersherum: wir vermeiden in jeder Millisekunde Traum oder Wachen die Hölle der Diffusion. In Wahrheit werden wir unentwegt mit unvergleichlichen, katastrophal neuen »Situationen« konfrontiert, befeuert, und nur unser gütig vereinfachendes, brav schablonisierendes Hirn wählt aus dem wilden Unbekannten das Vergleichbare aus und formt daraus die gröbsten, vor allem aber die stabilsten Begriffe, zu denen wir glücklich Zuflucht nehmen dürfen.

Gang am Nachmittag über die starren Felder, auf dem verharschten Schnee. Dort Büschel von Raps, hier der angefrorene Weizen. Die Vögel turnen und eilen zwischen den Ästen und Zäunen, als entzöge sich morgen die Welt und Eiswülste verschlössen ihnen jede Rinde. Am Rande des Sees stand ich in doppelter Sonne. Vom Eis strahlte sie schlierig weiß, oben schmolz sie hinter den knöchernen Bäumen. Als sie nun sank, überschwemmte die Hügelkuppe, auf denen fünf Rehe ihren Schattenriß zeigten, ein blaugraues Rosenlicht.

Welch teilnahmslose Stille, welch ein Schweigen strömt aus dem Ostwind! Der Ostwind macht die Landschaft stumm und daß sich nichts mehr rührt in der Ebene. Eigentlich ist es der reine Ost ohne Wind. Keine Last legt er auf, kein Anwehen ist zu spüren, nur dieser reglos harrende Ost.

Billie aber sehe ich aufrecht im ewigen Fahrtwind, der Sommerrock flattert ihr um die Knie. Sie steht neben dem Eisenbahnwaggon, der vor langer Zeit abgekoppelt und auf ein Abstellgleis geschoben wurde, überwuchert von Unkraut, Akazie und Feuerdorn. Stehengeblieben auf dem Perron, angewachsen im Abschied. Und seither hält sie auch ihre Tränen zurück, so daß ihr Gesicht nach Jahren noch unentschlossen schwankt zwischen gestrafft und in Heulen zergehend. Bevor sie nach einem langen Lidersenken wieder offen in den Fahrtwind blickt, der nirgends als um die Stehengebliebene weht. Die bewegte Unbewegliche neben dem abgestellten Waggon, in dessen vorderem Abteil ein Mann den Kopf über die verjährte Zeitung beugt und die draußen Winkende *schon* vergessen hat, kaum daß er seinen Platz eingenommen und das Blatt *seinerzeit* aufgeschlagen hatte ...

Vielleicht wird hin und wieder ein Erwachsener durch das Weltalte des Glaubens gläubig ge*stimmt*. Nicht der Sinn fürs Immerwährende, für Transzendenz ist ursprünglich in ihm angelegt. Das Zeitlose *denkt* sich der Erwachsene, das Kind aber glaubt an die uralte Geschichte. Das Beste am Glauben wird daher stets der Kinderglaube bleiben. Latenzgeschichte der Frömmigkeit. Nicht Buchstabe, sondern impact. Nicht Auslegung, sondern Wunder und Schauder. Umgekehrt spielen die raffinierten Auslegungen, die das Unwahrscheinliche respektieren und es mit Gelehrsamkeit unentwegt einspeicheln, um es Erwachsenen verdaulich zu machen, oftmals nur mit sich selbst – angesichts des Mysteriums bewegt sich der Kundigste, ohne es zu merken, hilflos wie ein Kind.

Ein Gänger auf der Weide hinunter zum See. Mann oder Frau, nicht zu unterscheiden. Zu fern der einzige dort, der in der Woche das Blickfeld quert. Schweren Herzens, so geht er. Früher nahm ich das Fernglas, wenn so ein Querling auftauchte im freien Horizont. Jetzt nur noch für den Fuchs und seine Jungen.

Bleich wie das Schnauzhaar eines greisen Hunds liegt das Strohgras in der Senke, und bleich steht der Himmel darüber. Wie mit Engelssegeln steigt ein Bussard herab, mit steilen Schwingen greift er den Maulwurf oder die Maus. In den hängenden Fängen krallt er die Beute, torkelt im Niederflug über den Boden, um sie abseits vom Fangplatz zu schlagen. Täglich das kleine

Schauspiel natürlichen Tötens vor Augen und täglich die Vorsicht des Fuchses, wenn er, die Rute spindelgerade in die Höhe gestreckt, nach kurzem Trippelschritt zurücklauscht, was sich regt, ob Feind, ob Beute. Denn Scheu und Gier sind gleich hell. Und wie man täglich schärfer mit ihm späht und heller mit ihm wittert!

Begrenzte Zonen zur Behütung und Beweidung der Sinne. Ihnen ist gefesselt sein wichtiger als Freiheit. Es läßt sich nicht einmal das Nötigste verändern. Dazu müßte man Dutzende von Götzen stürzen. Dazu wiederum bedürfte es wohl einer Art von sakralrevolutionärer Gewalt. Außerdem einer Verbreitung von Elend, die wir bisher nicht kennen, sowie des Zusammenbruchs aller Vertuschungsversuche, welche die bereits eingetretene Not noch immer als »Krise« bezeichnen. *Gegenwärtig* ist den meisten kaum mehr ihre Gegenwart, sondern irgendein Zukunftsszenario, das Schlüsse aus ihr zieht. Diese Schlüsse beeinträchtigen die Erfahrungswachheit in der unerschlossenen Gegenwart. Virtualität erhöht die Bereitschaft zur Sorge und halbiert zugleich ihr Gewicht. Es kann ja noch anders kommen … Wir leben erst dann in der ödesten aller Welten, wenn die Zeit, die kommt, nichts anderes bringt als die Bestätigung von Prognosen. Wenn all das, was wir als virtuelles Erlebnis bereits hinter uns haben und als *event* für erledigt betrachten, auch noch schwerfällig und zeitraubend durchlebt werden muß. Wir erleben jetzt unsere Stunde, die niemals kommt.

Vielleicht siebenunddreißig, vielleicht aber auch siebenundsechzig Mal, wer weiß, werde ich im Leben Beethovens Tripelkonzert gehört haben. Immer zufällig, immer im Radio. Die Interpreten wechseln, die Noten ändern sich nicht, das Leben vergeht unter immer denselben Harmoniefolgen, wechselnden Stimmführungen der drei Solisten, Aufschwüngen, Zärtlichkeiten und feierlichem Finale *Rondo alla Polacca*. Die Musik, die mich früher nur begleitete und vorwärtsführte, spricht nun von Mal zu Mal ein wenig deutlicher von einem mir begrenzten Zeit-Raum ihrer Wiederholbarkeit.

Man könnte das Repertoire schließen und fortan nur noch aus dem Repertoire schöpfen.

Die Innovationen beträfen dann lediglich die verschiedenen Formen des Zugriffs auf den Speicher. Alles Gerettete. Der Künstler ein Lagerist. Hält die Teile frisch und gebrauchsfähig.

Das *Repertoire* – erst in der Musik, dann später auch in der Literatur. Irgendwann den Schlußstrich ziehen und die Wiederkehr (stete Zunahme) des Meistgeliebten als Lebenszyklus erfahren. (Das Repertoire zentraler Gedanken schließt man, oft berufsbedingt, schon sehr viel früher ab.) Man kann sein Repertoire erweitern, sich unermüdlich Neuem aufschließen, oder man hat die Grenzen seiner Vorlieben entdeckt und überläßt das Begrenzte den Krisen und Glücksfällen des Lebens, den vielen Veränderlichkeiten der Stimmung und Aufmerksamkeit. Die Wiederbegegnungen mit den immer gleichen Musikstücken, den »unvergänglichen«, beleben den Hörenden in seiner Geschichte, holen dies und jenes herauf, was keine gedachte Erinnerung je erwischte. Und wie alle Wiederkehr, ob zufällig oder geregelt, bilden sie einen Rhythmus, der dem One-Way zum Tod entgegenstrebt.

Noch ist der Wald nicht durchschaut bis auf seinen letzten Webgrund und die Wurzeln nicht auf ihre übergreifenden Verbindungen, und diese Verbindungen nicht auf ihre Nahrungsfasern, die unterirdische Pilzlinie, und schließlich die Pilzlinie nicht auf ihre geheimnisvolle Eigenschaft, das A und O des Waldes zu sein, das ihn beherrschende Netzwerk. Die Pilzlinie, von den Menschen gefürchtet als das tückische Garn zwischen Leben und Tod, weltumspinnende Macht, die auch uns mit Haut und Haar, mit Füßen, Geschlecht und Gedärm, nach und nach, Lehrstück für Lehrstück, unter die Wurzeln holt.

Ökologische Paradoxe. Blattfüßer-Krebse und Wasserflöhe weiden auf den Algen und drosseln deren Wachstum. Die Ersatzstoffe der phosphatlosen Waschmittel sind Gift für dies Zooplankton und bedrohen sein Leben. Umkehrschluß: die phosphathaltigen Waschmittel haben den Algenwuchs der Seen eher nicht vermehrt. Auf südamerikanischen Weideflächen, die aus dem abgeschlagenen Urwald entstanden, wächst ein Savannengras, das Kohlendioxyd tief in die Erde bindet und damit dem Treibhauseffekt entgegenarbeitet. Wenn man dergleichen – oft vorschnell lancierte – Meldungen aus der Umweltforschung berücksichtigt, so scheint doch die ökologische Frage unser Wissens stets aufs neue zu verunsichern. Von manchen felsenfeststehenden Antworten bleibt plötzlich nur ein leeres Überzeugungspathos zurück. Wo wir nützen wollen, schaden wir, und wo wir das Schädliche tun, entsteht unverhofft ein Nutzen. Sollte das etwa der hinterlistige Kreuzschluß allen Gleichgewichts sein?

Der hohe Turm wird zu Gottes Ehre errichtet und erweckt zunächst nicht den Verdacht, der Mensch wünsche dem Himmel näher zu kommen, um Ihm die eigene Größe zu demonstrieren. Zum Turm von Babel wird er erst, wenn er eingestürzt ist. Skepsis dem babylonischen Bauen gegenüber läßt indessen außer acht, daß der Mensch nur aus übertriebenen Taten und süßer Vergeblichkeit seine Kraft und sein Überleben gewinnt. Ohne Taten kein Scheitern. Ohne Scheitern keine neue Bestimmung des nächsten Ziels. Nun ließe sich in dem unermüdlichen Errichten ein Mangel an Bewußtsein beklagen. Man könnte bezweifeln, daß all die neu hergestellten Dinge, die uns aufgedrängt werden, einen Menschheitstraum erfüllen. Außer daß es der Traum des Technikers ist, die Dinge schöner, leichter, sicherer zu machen. Da nun Mensch und Welt sich erschöpfend ausgesprochen haben, beinah alles gesagt haben, was zu sagen möglich war, bekommt das Errichten und Herstellen seine alte Deutungspotenz zurück. Viele informationstechnische Teile, Dinge, bestehen heute in einem Maße aus Reflexion, wie sie in Zeichen und Wörtern nicht mehr zustandekommt ... Im Mangel an Bewußtsein herrscht offenbar kein Mangel an Substanz. Was die Menschen an Überzeugungen und Einschätzungen nachträglich von sich geben, ist im Vergleich zu der Übersteigung, die sie in der Gemeinsamkeit und Wechselwirkung ihrer Taten erreichen, nicht viel mehr als eine Geräuschkulisse.

Der Fortschrittsoptimist erbringt wenigstens sein *sacrificium intellectus* und riskiert, als der Dümmste dazustehen, sobald die Stimmung wechselt. Der Untergangsprophet, dem die Stunde ausbleibt, die ihn rechtfertigen könnte, schwächt sich ab zum Niedergangsdiagnostiker. Als solcher hat er immer recht, wenn auch nur zu seiner eigenen Genugtuung.

Sicher, es geht mit jedem dieser »Schritte voran« mehr verloren als hinzugewonnen wird. Man opfert unentwegt. Nur eben ohne Opferritus oder -bewußtsein. Ohne daß der Gabe, dem Aufgeben, der Wert eines Verlustes zugemessen würde.

Dürfte ich das Unwort des Zeitalters bestimmen, so käme nur eines infrage: kommunizieren. Ein Autor kommuniziert nicht mit seinem Leser. Er sucht ihn zu verführen, zu amüsieren, zu provozieren, zu beleben. Welch einen Reichtum an (noch lebendigen) inneren Bewegungen und entsprechenden Ausdrücken verschlingt ein solch brutales Müllschluckerwort! Mann und Frau kommunizieren nicht miteinander. Die vielfältigen Rätsel, die sie einander aufgeben, fänden ihre schalste Lösung, sobald dieser nichtige Begriff zwischen sie tritt. Ein Katholik, der meint, er kommuniziere mit Gott, gehört auf der Stelle exkommuniziert. Zu Gott betet man, und man unterhält nicht, sondern man empfängt die Heilige Kommunion.

All unsere glücklichen und vergeblichen Versuche, uns mit der Welt zu verständigen, uns zu berühren und zu beeinflussen, die ganze Artenvielfalt unserer Regungen und Absichten fallen der Ödnis und der Monotonie eines soziotechnischen Kurzbegriffs zum Opfer. Damit leisten wir dem Nichtssagenden Vorschub, das unsere Sprache mit großem Appetit auffrißt.

Der Dichter als Unterbrecher der Kommunikation. Der Spalt, die Unterbrechung spricht.

Die Verbindungen haben das Verbundensein unterbrochen.

Du mußt dein Leben ändern? Es genügt, ein paar verbrauchte Module auszuwechseln. Die alten Bausteine des Erschreckens verarbeiten die neue Qualität des Schreckens nicht mehr.

Ich verachte, ja ich verachte etwas. Und sie ist klarer umgrenzt in meinen Empfindungen als alles andere, die Verachtung für schlechte Charaktereigenschaften: Scheinheiligkeit, Eitelkeit, Vorteilssucht, Schadenfreude, Heuchelei, Feigheit, Dreistigkeit, Verräterei. Lauter alte, uralte soziale und individuelle Mißbildungen, die sich im Wandel der Zeiten und Regime vollkommen unverfälscht erhalten haben.

Aber sich selbst würde man niemals einen schlechten Charakter attestieren. Da umgeht man sich geschickt mit technischer Ironie. Wie siehst du dich? Oh, ich bin schroff und wehleidig. Ich verfüge über eine hastige Auffassungsgabe mit hoher Fehlerquote. Ich gebe gern ein Wissen-Wie des Wissens vor, ohne irgendein gründliches Wissen zu besitzen. Ich gebe gerne klein bei, wenn ich damit meine Überlegenheit beweisen kann. Ich argumentiere flott unter Verwendung vieler ungeprüfter Tatsachenbehauptungen. Aber: ich erliege jedem anderen, der sich mir eröffnet, ich bin sein Ministrant, er ist meine einzige Leidenschaft.

Der andere ist derjenige, der die offene Menge Ich durch den *coup de foudre* seines Blicks in eine (unbeständige) Ordnung bringt.

Manches erscheint heute unter seinem Namen im Namenlosen zugleich. Es gibt das Volk nur in keinem. Die Familie nur in keiner. Das Individuum nur in keinem. Wir hausen in aufgelösten Habitaten. Wer das sich bildende Gebilde definiert, verkennt seine Entwicklung.

Der Reaktionär ist der letzte Phantast in einer nahezu kompletten Fantasy-Welt.

Das langsame Absterben, das kein Ziel hat, eine Spielart des Nichts, Asymptote des Todes. Das kultische Enden, das der Geist viele Male erleiden muß, nächtlicher Zustoß, die absolute Finsternis auf der letzten Stufe der Initiation.

In der Kultur war der Urknall die Sprengung des Mythos. In unzähligen Substanzen fliegt er um uns und durch uns hindurch. Die zunehmende Entfernung vom gesprengten Einen, dem religiösen Glutkern, wird angeblich nie wieder rückgängig. Neuere Theorien über das Schicksal des Universums legen nahe, daß es nie wieder kontrahieren, nie wieder ineins, zu seiner Gänze zusammenstürzen wird. Mit anderen Worten, auch unser ins Unendliche auseinanderfliegende, hinausgestreute Geist müßte wie das All irgendwann zum Stillstand kommen, auskühlen und veröden.

Die drei großen Stimulantia der Erschöpften: das Brutale, das Künstliche und das Unschuldige (Idiotische). Nietzsche, Der Fall Wagner.

Panorexie ... der Hunger nach Wahn, den die Epoche der kleinen Tollheiten nicht stillen konnte. Das menschliche Verlangen nach freßbarem Gott. Verdammt, sich von der Sekunde zu nähren und abertausendmal das Leben eines geistigen Flohs zu führen.

Ignatius von Loyola: Worte müssen nicht gelesen, sondern gegessen werden.

Digging Billie oder Die Disziplinierung einer Liebenden! ...... Zweifellos besuchte sie in ihren »Antonius«-Exkursen auch das Didaskalion – heute nennen wir's: den Studienkreis – des Gnostikers Valentinus. Er wandte sich an Männer und Frauen, die von der metaphysischen Wildheit angerührt waren, vom Enthusiasmus, der für die Intellektuellen des zweiten Jahrhunderts so typisch war. Seinem Sklaven in die Schulter zu beißen galt als ein Ausdruck von religiösem Nichtansichhaltenkönnen, von spiritueller Freßsucht.

Es kam mir vor, als hätte ich sie schlecht gelesen. Ich las *Liebreiz* in ihrem Gesicht. Aber es stand dort ein anderes Wort. Ein Ausdruck für *Entschuldigung.* Oder für *Hilf mir.* Oder für etwas ganz Neues. Ich verlas mich, erlag dem Eifer der Ergänzung halb gelesener Wörter. Ihre Hände suchten beieinander zu bleiben, die linke umfaßte das Handgelenk der rechten, als hielte sie ein Teil von sich vor unberechenbaren Griffen zurück. Ihre Arme hingen wie eine Tragschlaufe von den Schultern.

Zahllose Lesefehler erhellen das Buch. Nur in die Irre geführt, bahnt man sich seinen Weg.

Ich las die zerklüfteten Ränder, die Schründe und Buckel. Ich las aus jeder geraden Zeile eine krumme, aus jeder zielstrebigen eine abwegige, aus jeder ganzen eine fraktale oder gesprengte. Ich folgte dem Filz und den Flechten, den splitternden und den bröckelnden Mustern, nach denen der innerliche Verkehr, doch nicht der ebene Fluß der Zeilen verläuft.

Als die Unmöglichkeit noch genügend Stoff und Stamm besaß, galt die große Unpassende, eine Frau wie Billie, oder gar die vom Wahn Besessene, für eine Kulturheilige. Am Ende der Unmöglichkeit angelangt, sind es nicht Anfechtung und Leid, sondern ausschließlich Spiel und Passung, die über die Entwicklung des höheren Typs entscheiden. Und nur der Erfolg zählt für ein Evolutionsprodukt. Kein Leiden, keine Bewußtseinsnot, kein Martyrium.

Wenn man sie fragt, geschäftige Zeitgenossen, warum klammert ihr euch an soviel Uninteressantes? So antwortet der eine oder andere: Es herrscht doch Desorientierung ...!

Aber gerade wenn man sich der Desorientierung hingibt, müßte man erst recht entdeckungsfreudig sein. Das Interessante und Neugewendete kann doch gar keinen besseren Nährboden finden als die schöne Desorientierung. Aber daß es im Geist so wenig gewagt, so wenig erfinderisch und viel zu wiederholungsgeölt zugeht, das wird eher daran liegen, daß man den Theoremen nicht entkommt, zum Beispiel ewig vernarrt bleibt ins Soziale. Ich bin gern desorientiert. Ich habe Mühe, mit den Zugpferden meiner Interessen Schritt zu halten. Ich bin allerdings auch nicht vernarrt ins Soziale. Mich interessieren hingegen Fragen eines verminderten Bewußtseins, nicht beim einzelnen Individuum, sondern als Prozeß der Selbstheilung, die zum Schutze des ganzen kühnen Menschengeschlechts wirken könnte, wie es einst der Glaube tat. Man würde akademisch vielleicht von einer systememergenten Korrektur sprechen. Und schon mit diesen Worten bliebe es bei der alten Richtung ... Es ist nicht zu übersehen, daß sich die überwiegende Mehrzahl der Wortführer (Eliten) auf einem gleichmäßig ausgetasteten Niveau der Intelligenz bewegt. Ausschläge zu wilder Klugheit und glühender Einfalt sind eher schwach und selten.

Je neuronaler das Ding, das Netz, der serielle Prozessor, um so benehmender wirkt es auf die *Nervigkeit* der Reflexionen, um so schmächtiger fällt das Denkgebilde dem Ding gegenüber aus. Wir gelangen vom Benehmenden der Dinge zu einer subjektiven Benommenheit. Unter Umständen sogar zu einer neuartigen Trance.

Wenn wir melancholische Dichter wie Leopardi, Grillparzer über die Neuerungen ihrer Zeit klagen hören, so möchten wir uns und ihre Genien damit trösten, daß von diesen entsetzlichen Neuerungen von damals nichts geblieben ist. Sie wurden sämtlich durch neue ersetzt.

Das Winter-Meer über den Triften – die Nebelwelle und das blinde Eis. Das weiche Grau schloß sich und schloß mich in sein Herz. Unter dem Frosthauch füllen die Bäume sich, runden und strecken den beinernen Leib.

Noch einmal möchten sie schimmern wie an einem Sonnentag nach warmem Regen.

Nichts ist vergangener als eine vergangene Jahreszeit! Auch die Bäume erinnern sich an einen milden Herbsttag, der trug einen Kommensschuh und einen Schwindensschuh.

Das blaublütige Blau eines edlen Dezembertags rinnt an ihre Ästen ab, dringt nicht in ihre Adern. Das schönste Winterlicht abweisend steht der räudige Kornelbusch, dem das labbrige Laub entfällt wie Namen dem alten Gedächtnis.

Der heilige Sexus erlosch in unserem Blut, er malte noch ein paar Jahrhunderte seine »Zeichen« in den Staub der Kunst. Aber dann gab man sich mit einem Ersatz-Verfahren zufrieden, das im Ungenügen allgemein genügt, dem Sex. Der Sexus war sich selbst unmöglich. Er konnte nur das ewige Vorspiel sein.

Unter den Geistesgewaltigen des zwanzigsten Jahrhunderts ist Sigmund Freud der hervorragendste, von dem man heute sagt: alles stimmt und wenig läßt sich halten.

Sexuellen Fundamentalismus kann es nicht geben. Sexus kommt unter Menschen nur in hybrider Mischform vor.

Interessiert mich bei jenem amerikanischen Romancier »die aufregende Mischung aus Rassismus-Problemen und Sex-Problemen«? Rassismus, Sex unter Umständen, ihre Probleme kaum, ihre Mischung keinesfalls.

»Ein alter Mann und, ein letztes Mal, die sexuelle Kraft. Was könnte für irgend jemand anrührender sein?«

Antwort: Vieles. »Wenn Sex die erlösende Verschmutzung ist, die den Menschen ›entidealisiert‹« … dann möchte ich dagegen halten, daß Sex ohne Idealisierung nicht praktiziert werden kann. Und daß ohne die Metaphysik oder Vorstellungswelt des Sexus auch die leibliche Freude zu kurz kommt. Keine säuerlichere Kulturkritik gibt es als die Sexualidolatrie des spätmodernen Intellektuellen. Das Gegenteil des Libertins ist nicht der Verklemmte, sondern der Liebende. Sex ist Geschwätz, Liebe ist Sprache.

Es gibt aber eine Lauterkeit des Sexus und der Lust, über die man nur in gescheiterter Sprache sprechen kann, entweder geschmackvoll oder geschmacklos. Kitsch, den man bis jetzt ausschließlich einer hochtrabenden Sprache ankreidete, verbreitet sich in *trash* und *underground* weitaus üppiger. Die das Geschlechtliche verfehlenden Worte werden in blasphemischer Umkehr nicht treffsicherer, sie treiben in der von aller Andeutung »befreiten« Sprache keine geringeren Stilblüten. Pudenda et tacenda üben so oder so – trotz und innerhalb der Befreiungen – ihre uralte sprachverwirrende Macht. Andererseits bleibt das der Scham und das dem Schweigen Zugehörige durch Sprache vermittelbar.

Die Gedichte des Syrers Fuad Rifka sollten nicht nur mir eine Lehre sein. Im Vers von der »Frau des Alters« heißt es selbstverständlich *heiliger Bund*, wo die Vereinigung von Mann und Frau gemeint ist und wo ein westlicher oder westlich assimilierter Autor, Autor der erniedrigten Freuden, ohne Zögern den »Fick« hingesetzt hätte. Man versteht auf einmal besser, wer wir wären, hätten wir nicht unser Berührtsein verraten.

Der Syrer trägt ja europäische Schönheit durch sein Syrisch wieder zu uns.

Des Menschen Sprache ist Gottes ewiges Störgeräusch. Ohne diese Störung befänden wir uns alle in unendlicher Übereinstimmung. Einige fühlen sich vielleicht durch Sprache aufgestört in der Stille einer Gewißheit, aber die meisten glauben doch, daß sie sich in der Sprache allenfalls untereinander stören.

Es begann Mitte August 1998, als einige Jugendliche in Rimini sich zusammenrotteten und um Mitternacht durch die Straßen rannten, wobei sie in rhythmischen Stößen und im Chor »Valerio Valerio« riefen. Die Rufe, die sich nun Nacht für Nacht wiederholten, wurden jedesmal stärker und ekstatischer gerufen und blieben allen, auch den Rufenden selber, rätselhaft. Einwohner beschwerten sich, Polizisten vernahmen die Störenfriede, niemand wußte mehr, weshalb er so kräftig »Valerio Valerio« gerufen hatte. Bis sich eines Tages aus Rom ein Valerio O. meldete und folgende Erklärung gab. Er habe kürzlich bei einem Openairkonzert in Rimini versucht, ein großes Transparent, wie man ihn geheißen, ganz allein aufzuhängen. Dabei sei er in große Schwierigkeiten gekommen, es sei ihm wieder und wieder nicht recht gelungen, das Banner gerade und ordentlich zu befestigen. Unterdessen habe sich unten in der Zuschauerarena schon lange vor Beginn des Konzerts eine große Schar von Jugendlichen versammelt und ihn anfeuernd im Chor ständig »Valerio Valerio« gerufen. Woher sie seinen Namen wußten, sei ihm unbekannt geblieben. Doch habe seine Ungeschicklichkeit – oder sein verzweifelter Kampf um Geschicklichkeit beim

Anbringen des Transparents sie offenbar sehr beeindruckt. Er dort in der Höhe sei ihnen von einer Minute zur nächsten zu einem Symbol für eine uns alle bedrohende, unheimliche Ungeschicklichkeit geworden. So kam es, daß sie fortan nicht ablassen konnten, in geradezu beschwörende »Valerio«-Rufe auszubrechen. Wie es schien, hätten sie diese Rufe oder Anrufungen beibehalten, ihr Unbehagen sei bis jetzt nicht wieder von ihnen gewichen. Wenn sie nun nachts durch die Gassen stürmten, so gedächten sie vielleicht nicht nur seines, des namentlichen Valerios, Ungeschick, sondern ihre Chöre richteten sich zugleich an den Geist der Linkischkeit, der das Entgleiten oder Versagen zentraler menschlicher Fertigkeiten sofort und ohne weiteres herbeiführen könnte.

Schwer, sich vorzustellen, daß der Geist noch einmal so artistisch mit seinem Wissen umgehen könnte wie bei Paul Valéry, der nichts ohne begierige Selbstbeobachtung, ohne Lust an der Illumination denken konnte. Eine Leistung der Moderne, die wie eine Art Ekstase aus dem neunzehnten Jahrhundert hervortrat, aus einem von Flaubert entworfenen Wissensimaginarium. Diese Moderne geht nicht mit dem farbigen Schauspiel der Postmoderne zu Ende, der Verschiebung des Bewußtseins zum Könnensbewußtsein, des Wissens zum strukturellen Wissen-Wie. Sondern an seine Stelle tritt der Bruch mit der noetischen Poesie überhaupt. Das technisch informatorische Wissen ist das Wissen mit der geringsten geschichtlichen Ekstatik und dem universellsten Anspruch.

Erreicht wurde eine Höchstzahl an kramenden Menschen, in Schubladen, in Bankschließfächern, unter Werkbänken, Teppichen und Autositzen. Und schließlich wurde im Netz unentwegt gekramt. Vor allem aber kramten die Menschen einer im anderen. Man suchte nicht mehr. Man wühlte. Man befingerte das Nächste wie das Fernste. Wer wühlt, mischt alles neu.

Das zeitbewegende Wesen, der *trickster* dieser Periode, war ein Fabelwesen, eine Erfindung vom Großen Mischer. Sie fanden am Ende nicht mehr aus der ungeheuren Vermengung heraus. Der alte Durcheinanderwerfer selbst wäre nie so weit gelangt! ... Walpole. Dante. Wagner, gossip, sex, game. Pseudo-Dionysius, Sufi und Tolkien. Pfingsten und John of Patmos. Die ganze Welt der gebrechlichen Geschicklichkeit, die Welt des Wahllosigkeit-Fluchs ... alles noch einmal, nun aber jede Bewandtnis mit der Vorsilbe »Cyber« versehen. Das ganze Füllhorn des Bewußtseins ausgeschüttet ... Es gibt keine größere Beschränktheit als den Enthusiasmus medialer Anarchie: *alles noch einmal.*

Der aus der weiten Tasche geschüttete Einkaufsplunder, das Potpourri: neue Hausschuhe neben Joghurtbechern, Katzenfutter neben Zahnpasta, Wischtücher, Kaffee, Essiggurken, Brezeln, Paprika. Dies Kunterbunt, angeblich das Gegenteil von Monotonie, gleicht dem, was ich sehe, denke, schreibe. Immerhin spielt es eine Rolle, woher das Wörtchen kunterbunt ursprünglich kommt, nämlich von contrabund, dem Kontrapunkt. Auch Diverses braucht seine Binnenspannungen und Kontaktverbote. Papiertaschentücher dürfen niemals neben dem Küchenkrepp liegen.

Zu eintönig ist das Vielfältige, nur zerstreutes Selbes ist es. Kein Bruch, kein Rumoren im Untergrund. Nur Steigerungen, Spitzenleistungen und noch mehr Raffinement (das Gegenteil von Verfeinerung!). Doch aus den Bilderfluten fischt der Mangel die *Transoptica*: das Nie-Gesehene erschaut.

Nur wenige Bilder sind verheißungsvoll. Nicht etwa auf die Zukunft bezogen, sondern auf das Undurchdringliche und Undeutliche, auf die (nach Protagoras) *adelotes* der Gottheit, welche hinter dem Bild und hinter jeder Idee.

Die Unpassierbaren und die Permeablen, zwei Zukunftsprofile. Solche, bei denen alle Verbindungen enden, und solche, durch die man hindurchgeht wie durch eine Frau ohne Geheimnis, durch die man verschwindet, die einen blaßt und leert.

Der Unterschied zwischen Blut und Boden seinerzeit und Blut und Sperma, wie eine zeitgenössische Belletristik sie verschwendet, besteht darin, daß sich die Ideologie damals ihrer Geschmacklosigkeit nicht bewußt war, das abgefeimte Bewußtsein heute aber die Geschmacklosigkeit selbst verherrlicht.

Wenn man sich auf die menschlichen Säfte beschränkt, so fließen alle in den gleichen Boden. Blut, Urin, Sperma, Schweiß, Erbrochenes und immer wieder: giftgrüne Lymphe. Das Zerstörerische wurde beim ersten Mal als perverses Heil ausgerufen und beim zweiten als coole Inventarisierung eines Lebensformen-Unheils ausgegeben. Fraglos bezieht sich die spätere, die kühle der beiden Zerstörungsphasen untergründig oder fetischartig auf die frühere, die heiße und gläubige. Das hilft, um alle Niedrigkeiten zu rechtfertigen. Folglich wird das Gesamtzerstörerische beider Phasen später einmal nicht leicht zu sondern sein.

Da keine Materie ohne Antimaterie existiert, ist man immer auch Illiterat, wenn man ganz aus Literatur besteht, und völlig fühllos gegen gewisse ihrer Versuchungen. In der Morgensonne eines Frühwintertags sagt man sich, daß »Negation« in keiner Beziehung eine glückliche Wortwahl war, um der Elementarstruktur des Gemüts und seiner Doppelbindungen gerecht zu werden.

Den jungen Mann bewegen alte Liebesformen, längst versunkene Dankbarkeiten … O gewiß, dein Erleben sollte tiefer reichen als dein Leben! … Tiefer auch als ein Forschungsergebnis: daß der Mensch in seinem Denken, Fühlen und Erinnern im wesentlichen eine pharmazeutische oder neurochemische Fabrik ist. Sein komplettes Erleben im Blut steuerbar, ohne jede Ideologie, nur unter Stimulation gewisser Botenstoffe ständig beeinflußbar. Was wiederum dazu führt, daß er unentwegt dieses Erleben zu verbessern oder noch genauer zu dirigieren sucht. Man fragt sich: weshalb haben wir uns jahrtausendelang von der Außenwelt abhängig gemacht? Sogar Droge und Magie wirkten noch von außen ein. Ganz anders steht es mit all den sicheren endogenen Sachen!

»Nimm das Übernatürliche weg und was bleibt, ist das Unnatürliche.« Chesterton.

Die kopernikanische Wende, als die man die endgültige Entschlüsselung des Humangenoms begrüßt, stößt auf kein Weltbild mehr, das sie umstürzen könnte. Für diese gewaltige Neuerung ist die menschliche Zivilisation bereit wie für die zahllosen anderen Neuerungen, die ihr niemals etwa zugemutet werden, sondern die sie vielmehr ständig erwartet und in sich vorformt.

Nun interessiert unsereinen das Erschließbare am Menschen grundsätzlich weniger als das Unerschließbare. Es ist, davon darf man überzeugt sein, in unverminderter Fülle vorhanden auf dieser Welt und wird auch durch die verwegensten Entschlüsselungen nicht aus ihr vertrieben werden.

Gegenwärtige Menschen sind selten, die überwiegende Mehrzahl begegnet uns im Gewand eines allgemeinen, stets schon wieder überholungsbedürftigen Gegenwartskonzepts.

Gegenwärtig erscheint mir hingegen der, der bestrebt ist, über die Mauern des bloß Interessanten, innerhalb deren er seine Tage verbringt, zu schauen und sich nach dem Verbleiben der Passion zu erkundigen, von der er abgeriegelt lebt und leben muß. Ihr gilt heute die Mauerschau, die früher den unvorstellbaren Grausamkeiten vorbehalten blieb. Die Schlingkräfte des bloß Interessanten sind indes so stark, daß sie fast jeden, der ein wenig hinüberzublicken sucht, zurück in ihre bedürftige Mitte ziehen.

Man wird sich nicht mehr auf die Suche nach der verlorenen Zeit begeben, sondern allenfalls auf die Suche nach dem verlorenen Sinn für die verlorene Zeit.

War der Appell zur »Rückbesinnung« auf Werte und Sekundärtugenden schon hilflos und lächerlich, weil

»Rückbesinnung« selbst bereits zu den aufgegebenen Tugenden zählt, so wird die Suche nach den verschollenen Gefühlen zum schmerzhaften Paradox. *Sehnsucht* nach einem verlorenen Empfindungsgut kann es nicht geben, da jene mit diesem unterging.

Unvorstellbar das Zeitalter, das je auf das technische folgte? Unvorstellbar vielleicht. Doch es beweist einen unverantwortlichen Kleinmut, nicht davon überzeugt zu sein.

Ein wirklicher Science-fiction-Roman wäre sein Gegenteil: jede Zukunftsvision hat damit zu rechnen, daß die Menschen der Zukunft jegliches Interesse an dieser verloren haben (also darin wieder den antiken Völkern gleichen). Technik, »Information und Kommunikation«, Stammzellentherapie, lauter abgeschlossene Kapitel.

Jene Zukünftigen führten aber Krieg gegen den gefälschten Raum (der Virtualität und Simulation). Den Erreger der Fälschung auszurotten schien jeden Kreuzzug zu rechtfertigen. Sie waren gewissermaßen über Nacht von einem taedium artis, einem epidemischen Abscheu vor aller Kunst und Künstlichkeit ergriffen worden. Wie er ja angelegt ist der menschlichen Gesinnung und unter religiösem Vorwand von Zeit zu Zeit ausbricht.

Zuweilen beugten sich die Zukünftigen zu Forschungszwecken über die Zeugnisse jener Vergangenheit, die wir jetzt sind, und staunten nicht schlecht, daß diese Höhlenbewohner doch tatsächlich ihr gesamtes Potential (auch an Begeisterung) auf technische Innovationen verwendet hatten.

Die Datumsangabe ohne eine »19« davor zu schreiben, bedeutet den endgültigen Verlust an Fühlungnahme mit dem 19. Jahrhundert, das gewiß aufgrund dieser Ziffer auch das zwanzigste überdauerte.

Ich werde niemals über die Zwei mit einer Null dahinter hinauskommen. In eine Jahrtausend-, eine dreifache Null-Stelle hineinzukriechen, macht einem die Zeit an sich fad, magielos, unspezifisch. Ich war ihr so nah, als sie in die letzten Novenen drängte; es hat mir soviel Freude gemacht, sie zu betrügen und mich ihr ganz anzuschmiegen. Sie war wunderbar: kapriziös, ungehalten, umständlich und schnell. Aber jetzt wird sie vom Gewicht einer ungeheuerlich ausstehenden Zahlen-Folge niedergedrückt, gehemmt, fast angehalten. Es ist eine so erschütternd niedrige Zahlen-Station, so wenig Enden-Wollendes, Sich-Erfüllendes darin, daß eigentlich jetzt das viele Schnellgedachte, die begierige Überfliegerei, die Geschwindigkeit selbst angesichts der Langsamkeit, mit der man vom Startloch der Null fortkommt, unpassend und lächerlich wirken. Aus der ersten einer dreifachen Null kriecht die Zeit hervor, aus der letzten einer dreifachen Neun stürzt sie herab.

Woran also hängt man nun doppelt? Am 19., durchs 20. nie geklärten Jahrhundert.

Das 19. Jahrhundert investierte in Vollendung (Klassik) und in Revolution. In der ersten Hälfte des 20. entartete die Revolution politisch und erlangten gleichzeitig die wichtigsten ästhetischen und wissenschaftlichen Werke den Rang einer neuen Klassik. Die zweite Hälfte war dann die Ära der Fertigkeiten und Verbreitungen, die technisch-mediale. Dem 21. Jahrhundert bleibt die Wahl zwischen Verwaltung oder Vergessen.

»Und Freude war es
Von nun an,
Zu wohnen in liebender Nacht und bewahren
In einfältigen Augen unverwandt
Abgründe der Weisheit«

(Hölderlin, Patmos, 2. Fassung)

Es gibt solche Worte, die machen dich wieder leer, zum hohlen Krug, der empfängt und wiedergibt, und du hörst auf, eine zerknüllte Alubüchse zu sein, die keinen Raum hat. Und keinen Abgrund oder Bauch.

Wenn ich ihn (H.) in einer anderen Sprache lesen müßte, wäre ich um den Höchsten Theologen betrogen. Ich kennte ihn nicht.

Nicht mehr die Sehnsucht ist die aufs äußerste gespannte Saite, sondern zu haben, was man nicht ist, zerreißt den Erben/Lageristen fast. Sich vorzutasten zwischen Bergen ungeräumt Erinnertem.

Im Großraumbüro saßen gut zwei Dutzend Männer und Frauen und tippten und klickten auf ihren PCs, gebannt, abwartend, hastig nachhackend, unverwandt und mit erloschenem Gesicht dem Bildschirm gegenüber, abwesend. Doch in der Mitte des Raums gab es einen kleinen schwarzen Tisch, gerätelos, leer, an dem ein junger stiller Mann vollkommen untätig saß. Es war, als strömten durch seine passive Mitte wie durch einen Spannungsumsetzer die Impulse und Verbindungen aller am Datenweben beteiligten Personen. Hüter der Netze? Oder die Zentrale des anonymen Müßigen, von der alle Beschäftigten ihre Geschäftigkeit empfangen?

Was fange ich mit diesem bedeutungslosen Menschen an, der weiß, daß er vollkommen bedeutungslos ist, jedoch einen hohen Posten bekleidet und mit seinem ersten, befangenen Blick zu sagen scheint: Ich weiß, du denkst jetzt, was fange ich mit diesem bedeutungslosen Menschen an, der weiß, daß er vollkommen bedeutungslos ist, jedoch einen hohen Posten bekleidet und mit seinem ersten, befangenen Blick zu sagen scheint: Ja, ich weiß, du denkst jetzt, was fange ich mit diesem bedeutungslosen Menschen an, der weiß, daß er vollkommen bedeutungslos ist, jedoch einen hohen Posten bekleidet und mit seinem ersten, befangenen Blick zu sagen scheint ... Unendliche Befangenheit.

Die Vorstöße der Gentechnologie haben eine moralische Grenze nach der anderen überwunden. Das Machbare wird allenfalls aus Gründen der Unvorteilhaftigkeit eingeschränkt. Ein sogenannter Wissenschaftler erklärte vor kurzem: der Mensch habe nun Gottes Status erreicht, und folglich sei es seine moralische Pflicht, sich wie Gott zu verhalten. Die genetischen Tüftler und Bastler können, so scheint es, vor lauter Nanometrie sich selbst nicht mehr ermessen. Und wie sie sich vermessen, werden sie immer kleiner.

Der Schöpfergott, auf die Keimbahn reduziert? Prometheus, der nicht die Stirn gegen den Himmel erhöbe, sondern sich auf das Sammeln von Zündhölzern konzentrierte, wäre für Zeus ein Wichtel. Mögen sich also die Ingenieure noch so sehr mit ihrer Selbstvergottung blähen, sie verlassen den Bannkreis des menschlichen Scheiterns nicht. Sie haben Ihm nichts entgegenzusetzen.

Man stelle sich vor, einige hundert über ihr eigenes unseliges Wissen zutiefst betrübte Diaboliker versuchten eine Masse von ein paar Millionen Imbezillen zu bewegen, denen sie zuvor den Verstand aussaugten, um den ihren grenzenlos zu machen. Und sie nutzten ihn fortdauernd, um auf noch erfolgreichere Weise Krankheiten zu beseitigen, die Nahrung engelsrein zu halten und immer neue Ereignis- und Erlebniswelten zu konstruieren, die das gelebte Leben, wie wir es noch kennen, zu einem umständlichen Zeitvertreib früherer Generationen werden ließen. Aber die besagten Millionen verfügten über keinen eigenen Antrieb mehr, sie waren wie durch eine Pharmapille stillgestellte Horden, denen es völlig gleichgültig war, ob sie leben, grinsen oder gehen mußten. Der Mensch als unbegrenzte therapeutische Gelegenheit hatte sich der Medizin mit einem Mal entzogen.

Heute selegiert allein der Druck, den die Masse der Blöden auf das System insgesamt ausübt, die Begabten. Sie bilden indessen eine Insel-Intelligenz, die keine bessernde Wirkung mehr auf die ausübt, die am kargen Ufer zurückblieben.

Es gehört zu den üblesten Unsitten unserer Soziozentrik, alles, was man als das Höhere ausgemacht hat, vor allem in Kunstwerken, zu sich zu herabzuholen und mit sich selber zu vergleichen. Auf Kanzeln, Kongressen, Theaterbühnen geschieht es bis zum Überdruß, der immergleiche Orpheus aus der Tiefgarage. Aber auch im Gefühlsleben, in der Begegnung von Mann und Frau ist sie weit vorgerückt, diese unerträglich scheele Anmaßung des korrekten Demokraten, der, was immer er an Höherem erwischen kann, ins Breite und ihm

Passende verziehen muß. Erstes Gesetz dem entgegen: erkenne, was höher ist als du selbst. Lerne die Fremdsprache. Beachte den Menschen als ein Geschöpf in der Senkrechten, eine Linie, die ihn erdet, aber auch übersteigt. Meide die Pädo-kata-gogen: die Herunter-Erzieher.

Man muß das Gewesene so groß wie etwas Niedagewesenes anschauen.

Ein Kulturkampf: die Häßlichkeits- gegen die Schönheitskomplizen (die hoffnungslos in der Minderzahl). Jene, die lüstern auf das Erhabene sind, es aber nur brauchen, um die Reize der Verkehrung zu kosten. Und diese anderen, *die Untenstehenden auf Zehenspitzen*, die davon leben, überwältigt zu werden.

Das Häßliche ist zu verstehen, das Schöne nicht.

Die Schönheit wird die Welt erretten, meinte Dostojewski. Doch sie entzieht sich mehr und mehr unserer Wahrnehmung. In einem Lifestyle-Leben dekoriert man Dekorationen. Attrappen werden Wunderdinge. Spätere könnten uns vor allem ein verblüffendes Nachlassen der sinnlichen Unterscheidungskraft vorhalten. Es wird heißen, wir seien nicht imstande gewesen, die Dimensionen unserer materiellen Welt sorgfältig zu differenzieren. Wir hätten die Tapete für die Wand, den Trick für ein Mysterium, Brot und Spiele für Kultur gehalten.

Gefahr der destruktiven Toleranz: jeder für sich und alle gleichberechtigt. Die Ästhetik, die keine Feinde mehr kennt, zerstückelt sich selbst. Jeder einzelne Künstler verbrämt sein Tun mit einer für alle Kunst gültigen Theorie – und wäre doch erschrocken oder erbost, wenn ein zweiter genauso dächte wie er.

Die Bekehrung des Thersites? Natürlich kann der *häßlichste Grieche vor Troja* bei uns nicht zu einem ehrenwerten und guten Menschen werden. Er, der den Achill der Leichenschändung, begangen an der toten Penthesilea, bezichtigt. Er, der feige und frech ist (zum Beispiel jener Toten mit dem Speer die Augen aussticht), gehaßt von Odysseus, weil er sich fürstenschmähend spreizt, er konnte indessen anders als die Helden mühelos »modernisiert« und bei uns gesellschaftsfähig werden. Ja, ist ein solcher Charakter nicht unser führender Zeitgenosse?

Sein Fluch bestünde allenfalls darin, daß der neuzeitliche Zynismus den Namen seines Urhebers vergaß, und tausend seiner Ebenbilder nun mit dem Schlachtruf: Nieder mit dem Erhabenen, nieder mit dem Unsagbaren! Anspruch auf Originalität erheben …

»Ein Gott, der sich zeigt, hat auf der Stelle einen Teufel, der über ihn lacht.« (Teixeira de Pascoaes)

Alle Worte prahlen. Die Sprache an sich ist eine angeborene Prahlerei, wie die Natur sie sonst in grellen Farben und auswüchsigen Hörnern hervorbrachte.

In ihren Videoclips verarbeiten die Meister des elektronischen Surrealismus in Sekundenschlägen soviel Material wie ein surrealistischer Maler in seinem Gesamtwerk. Die bildlichen Szenarien, die außer impact und appeal keine Bedeutung besitzen, gehören einem visuellen Konstruktivismus, der mit der alten Welt des Phantastischen nichts mehr gemein hat. Unter dem Einfluß dieser imperialen Suggestion wird das Bildliche erst recht zu einer Not und einem Gegenstand des tiefen Verlangens. Bilder, Objekte des Kunstmarkts, reagieren heute mit Vorliebe auf Objekte der Konsumsphäre. Bilder, erste und erstartige, werden hingegen kaum dem Überfluß der Erfindungen und Überraschungen entspringen. Sie wird man eher bergen als entwerfen.

Schließlich muß man damit rechnen, daß der Schlüssel zu allem Weiteren nur in den Bildern liegt. Gedanken sind etwas für Epigonen.

Gerade was sich zusammendrängt in der Sprache, so eng, daß *es als etwas anderes* ihr entweichen will, ist geschrieben aus Bild-Bedarf.

Die große Willkür digitaler Bildbearbeitung, technisch bewegter Phantasie, hat nirgends zu einer Entgegnung in Formstrenge geführt. Es gibt überhaupt in der ästhetischen Sphäre kein erkennbares Kontra mehr (schon gar nicht im Sinne einer asketischen Richtung), sondern vorwiegend konsensitive Kräfte und solche Talente, die da mitspielen wollen.

Noch sind wir Wesen vor der Großen Fusion. Noch ist der Anschluß des persönlichen Bewußtseins an den Daten-*lifestream* nicht geschaltet, eine Online-Anwendung, die jedermann weit über seine biografischen Verhältnisse leben ließe. Seine dünne indviduelle Lebenserfahrung könnte dann in einem grandiosen syn- und diachronen Bewußtseinstheater, in einem Wust von Fremd-Leben untergehen.

Immer wieder spiegeln Menschengesichter etwas, das unmöglich allein aus ihrem Inneren stammen kann, aus ihrem oft zeitgemäß beschränkten Gemüt. Das Gesicht spricht bis zuletzt, wenn sonst am ganzen Menschen keine Gebärde und Sprache mehr. Es ist auch dann noch zum Widerschein von etwas sehr Fernem fähig. Von etwas sehr Fernem und Unpersönlichem. Alles Geheime steht im Gesicht.

Wenn ich mich frage, was ich in der Sprache zu suchen habe, so ist es gewiß nicht die Sprache selbst und noch viel weniger ihr schöner Zweck, andere mit Erzählen zu unterhalten. Mir macht Sprache Gesichte, aus ihr *entsteht* Gesehenes, also etwas, das letztlich aus ihr heraus- und hervortreten will. Wirksam wird sie nur als Konzentrat, das süchtig macht nach mehr Sicht und mehr Gesicht, nach der vollkommenen Einheit von sinnlichem und übersinnlichem Gesicht.

Nicht der Blick erweitert dein Sehen, sondern das Entziffern.

»Unsere Seelen, die einst gegenüber den Winden des Himmels nackt waren, sind nun dick bekleidet und haben gelernt, Türen und Fenster gut zu verschließen.« (W. B. Yeats)

Wozu habe ich meine Augen, wenn ich doch nur weit Zurückliegendes sehe?

Jeder Schritt in der Abwendung erhöht das Bewußtsein und die Vorsicht des Rückens. Bis es am Ende tatsächlich so etwas wie einen überaus klar sehenden Rücken gibt.

Wand! Heimat des Rückens.

In alten Zeiten, als die Menschen ihre Augen geduldiger auf geschlossene Pforten richteten, sahen sie mehr kommen.

Dieser Mann leidet an Vorschnelligkeit, er besitzt eine Turbo-, eine *Next Generation*-Auffassungsgabe. Schon beim ersten Anlaut nimmt er einem das Wort aus dem Mund. Sein Hochgeschwindigkeits-Erfassen mustert digital, was der andere auf der Zunge trägt, und bevor es heraus ist, hat er seine Antwort fertig. Er liest nicht mehr in Worten und Mienen, er listet auf und überfliegt das komplexe Programm eines Menschen. Er hat immer mit der Summe zu kämpfen, die bereits der erste Eindruck ihm vermittelt. Er muß sich künstlich zurückhalten, um dem anderen noch ein Schickliches an Geduld, an Totzeit zu opfern.

Überhaupt ist er ein universell ge*briefter* Mensch, der sich immer und überall einen schnellen Überblick verschafft, kurz und haargenau erfaßt, was gerade im Anflug ist, was für ein Interessenpool angesteuert wird, welche Urteilsformate benutzt werden, was für ein Zeitfenster zur Verfügung steht – und sofort geht er darauf ein, spielt mit, faßt kurz. Er ist einfach jemand, der mit allen umgehen kann. Und dem es einzig darauf ankommt, so viele Übereinstimmungspunkte wie nur möglich zu sammeln. Hat er eine hohe Summe solcher Punkte erreicht, ist er so gut wie konfliktfrei durch den Tag gesurft. Und wer Konfliktfreiheit erst einmal als die allerfeinste Wonne erlebt hat, der sucht nach nichts anderem mehr.

Der Informierte ist per se der ganz gewöhnliche Hochstapler unserer Tage. Zuweilen tritt er auf als der Typ des brillanten Chatters, der sich nach Belieben einloggt, fröhlich mitmischt bei jeder Debatte, ohne die geringste Ahnung, worum es eigentlich geht, nach zwei, drei Stichwort-Abfragen aber genau weiß, wie er den ganzen Club gegen sich aufbringen kann. Indem er nämlich Argumente aus der Bahn wirft wie Kegel, dem einen mit stichelnden Rückfragen zusetzt, die andere web-sokratisch in die Enge treibt, um sie kurz darauf verwirrt und hilflos wieder allein zu lassen. Alles sehr sportiv, am sportivsten aber der Geist.

Die programmierende Intelligenz steht sicherlich dem Denksportler näher als dem Denker.

Der Denksportler wird selten ein Arkanum erkennen, er begegnet nur Rätseln, die er auch lösen kann.

Es ist vielleicht so, daß unsere Sprache sich verwirrte unter dem Einfluß einer popularisierten Terminologie der Informatik. Bei dieser Berührung mit einer Intelligenz, für die Sprache letztlich ein sekundäres Medium, ein ungefährer Behelf, ein Fluß unsauberer Information ist, wurde das, worin sich jeder bewegt, unbeweglich und stockend. Grundsätzlich ist nichts gegen das Treibgut an Semi-Formalisierung, an Volapük etc. in einer Sprache zu sagen, es macht sie sogar turbulenter, solange ihre mittlere Strömung und ihr Wasserstand noch in Ordnung sind.

Wir sprechen von den komplexen Abläufen im Hirn, im Gemüt, im Bereich der inneren Säfte. Zur Andeutung der verschlungensten Zusammenhänge benutzen wir einzig diese vage Sammel-Vokabel: *Komplexität*. Nichtssagender geht es kaum. Was soll mir das Wort, wenn jedes Shakespeare-Sonett, das ich lese, den Begriff sofort überflüssig macht? Kunstwerke beginnen jenseits von Komplexität. Solche Wörter sind uns nur im Weg. Sie haben geradezu inhibitorische Wirkung. Sie hemmen sogar den Geist darin, seiner Technik auf die Schliche zu kommen. Man unterschätze daher nicht die »Botenstoffe« der Sprache. Es gibt geisthemmende und geiststimulierende Begriffe.

Unsere üppige Bedeutungswelt beruhte auf Symbolen. Das war: etwas, zum Greifen nah, doch unbegreiflich; Gesehenes undurchschaut. Anders als die sogenannten Traumsymbole, die man von altersher entschlüsseln konnte. Das Unsichtbar-Dingliche in der Kunst von Homer bis Swift, von Novalis bis Kafka, von Ibsen bis Ionesco. Danach nicht mehr. Plötzlich verschwunden. Man sieht heute, daß die internationale Literatur der fünfziger Jahre in ihren glücklichsten Wendungen den goldenen Nachschlag der Moderne bescherte. Inzwischen ist das Lebensgefühl an die Stelle von Formverlangen getreten. Und es ist sehr sprunghaft mal von diesem, mal von jenem besessen, selten drückt es sich in Kunst aus, es ist vielmehr eine eigene Gattung, ein selbständiger ästhetischer Geschäftsbereich, der sich meist in angemessener Kunstferne abspielt. Daneben gibt es die neue, großzügig die Bedeutungen verschleudernde mixed media-Welt, der alles integrierbar wird, nur nicht die Symbole! Von den Müttern zu den Flächen verlieren die Dinge (Gestalten, Figuren) das Unsichtbare, ihre Transzendenz. Jedoch: welch ungeheure, ausladende Ornamentik auf den Flächen! Planet of visions, wie man ihn auf der Expo in Hannover bewundern konnte, aber das waren keine Blakeschen, sondern reine Erfinderfantasien, verblüffende »Fortschreibungen« des Vorbereiteten und Gegebenen. Die Installationen deuteten darauf hin, daß sich dem homo neuronalis ein adaptives »Organ« bilden wird, mit dessen Hilfe er die Flut gleichzeitiger Einflüsse nicht mehr als Flut empfindet, sondern als sein »natürliches« Milieu. Ein Organ, das mühelos multa non multum lesen kann. Ein Scheitelauge der Synchronizität. Daneben bot Steins Inszenierung des »Faust« eine universale Rückschau aufs Symbol, auf unsere einst integrierten, niemals gemixten Geistes-, Anschauungs- und Wissenskräfte.

Die Fortschritte sind dennoch alle viel kleiner als ihre Reflexion. Der Schritt ist klein, das Sprechen darüber sehr groß. Oder es ist hype: in sich übertrieben. Es hat etwas von intellektueller Aufschneiderei und philosophisch etwas von der »Philosophie« der Analysten in den Brokerhäusern.

Nicht daß das Kommende nicht käme, es wird nur möglicherweise bei seiner Ankunft in einer Gegenwart verschwinden, die mit ganz anderen Problemen beschäftigt ist. Das Kommende in den Wissenschaften verliert auf seinem langen Weg bis zum Eintreffen das Interesse der Allgemeinheit, es überrascht nur bei Ankündigung.

Infant science, solange sie noch in den Kinderschuhen steckt, gibt sie den Menschen Stoff zum Fürchten und zum Träumen, adult science ernüchtert sehr und läßt die meisten kalt.

Alles über Geklonte, über Mutanten wissen wir schon – wozu sie noch herstellen? Warum die glänzenden Erfindungen, Blade Runner, Matrix, AI, den Behelfsmäßigkeiten wissenschaftlicher Labors überlassen? Sicher, der Traum vom Fliegen, die vielen imaginären Maschinen wurden mit der Zeit eleganter verwirklicht, als in der phantastischen Literatur einst vorausgesehen. Aber seit die popularwissenschaftliche Sensationsliteratur der Science fiction den Rang abläuft, hat dieses Genre eher den Ausweg ins Apokalyptische gesucht. Heute ist seine Trashsprache bei weitem elaborierter und obsessiver als seine Visionen. Die Gibson, Shea/Wilson und viele andere führen die häßliche Rede über die ödeste aller Welten, den längst schon posthumanen Planeten. Chimären, gekreuzt aus Fakten und Mythen, bevölkern ihr Bestiarium. »Und doch schreie ich: den Schrei von Shiva dem Zerstörer, dem wahren Gesicht von Vishnu dem Erhalter und Brahma dem Schöpfer ... denn mein Schrei ist nicht der des Lebens oder des Todes, sondern des Lebens im Tod.« Robert Anton Wilson/Robert Shea, Illuminatus! 3.

Hier ist das Wesen – das Wesen YORME – vorbeigekommen, und hinter ihm verwandelt sich unser hochentwickeltes Bewußtsein in eine Brandstätte des Geistes. Hinter ihm bleiben zurück verrußte Innenwelten, nur ausgeraubte und durchwühlte Räume.

Da kein alttestamentarisches Ungeheuer mehr zum Vergleich übrigblieb, geben wir dem Wesen den Namen des Unvorstellbaren: YORME.

Das einzig nicht Unheimliche: das Apokalyptische der Untergangsszenarien. Das Unheimliche ist stets gegenwärtig und ist endzeitlos.

Ein aus den Erbgütern einer gleichgeschlechtlichen Verbindung hervorgegangener Neuling ist ein unvergleichliches Wesen. Für ihn gibt es in der Menschengeschichte kein literarisches Vorbild, keine symbolische Unterstützung, keine Selbstfindungshilfe, kein Identifikationsmuster, keine Ahnen, keine Rechtsgrundlage, allenfalls ein wenig Mythologie.

Die Ähnlichen. Das Similis-Virus, das sich zuerst unter den Menschen ausbreitete, dann auch auf die Werke übergriff. Das tückische Als-ob, das sich in unsere Anschauung mischt und unseren Geschmack betrügt, so daß wir der vollendeten Ununterscheidbarkeit von Werk und Machwerk erliegen.

Die Aischrologen, die Anbeter der Häßlichkeit, die zuweilen in den Künsten den Ton angeben, werden den Blitzschlag unbekannter Anmut so wenig bemerken wie der gewöhnliche Schwätzer denjenigen, der vor ihm schweigt.

Als ich vor kurzem wieder die vollkommenen Verse des Georg von der Vring las, erinnerte ich mich daran, daß er sich im Alter von achtzig Jahren ertränkte, in die Isar schmiß – Tod im Wasser, um die versunkene Gefährtin zu suchen, in diesem Fall seine erste Frau. Ein Mann, den unsereins in seinem Todesjahr kaum beachtete: 1968! Was für ein künstlich-brutaler Epochenschnitt! Welch bedeutsamer Fortschritt in der Kulturzerstörung, an der wir schuld sind, schuld wie an einem Krieg und seinen Folgen. Ein Dichter, der diese Verse schreibt, an die tausend Gedichte, von denen viele betörend, wohllautend und anschmiegsam sind, immer ein zarter Ton, nie eine zu zarte Metapher – und demgegenüber die ästhetische Barbarei, die Gewalt der politischen Abstraktionen. Was liegt seitdem zerstört, und wieviel Zerstörtes haben wir für Leistung angesehen, gefeiert und weiter zerkleinert! Die Vergessenen von damals erbarmen sich unser heute – sie strahlen ihre Töne zu unserer Genesung aus.

Ich spreche nur von mir und meinesgleichen. Andere mögen sich besser gewappnet haben. Aber sie tragen vielleicht ähnliche Wunden hinter ihren blendenden Schilden. Es sind Wunden, die sie nicht in einer Schlacht empfingen, sie rühren nur von Selbstverstümmelung her. Der Ton des vergessenen Dichters, der zu seiner Zeit nicht durchdrang durch den plumpen roten Theatervorhang, hinter dem täglich eine neue Operette der Emanzipation einstudiert wurde. Aber dann, sobald das lächerliche Bemühen zusammenbricht, das ganze Gerümpel endlich abgeräumt ist, nichts davon je sein Publikum behielt, dann irrt dieser eindringliche Ton einsam, unendlich verführerisch über die leere Szene, keine Gestalt aus dem gesamten bekannten Repertoire könnte sich ihm verbinden, kein größeres Publikum wäre je für ihn empfänglich, er bleibt ohne Kostüm, ohne Applaus und erfüllt doch den ganzen öden Raum, uneinfangbar, frei.

Die Kunstrichtung *appropriation art* versammelte in den achtziger Jahren eine Reihe von Malern und Fotografen, die in ihrem alten Genre neues Unheil anrichteten. Unheil deshalb, weil sie, obgleich zurückschauend, wieder nichts anderes als eine Innovation platzieren wollten, wie es die Kunst seit der Moderne unablässig betreibt, wenn auch seit längerem kaum noch überzeugend. Es war keine Annäherung an die Vorbildlichkeit großer Kunst, sondern deren Abgegriffenheit, triviale Bekanntheit wurde zum Feldzeichen einer reflektierten Übernahme. In tatsächlicher Augenhöhe mit großer Kunst hätte sie der Basiliskenblick getroffen.

Appropriation art also bot nicht ganz das, was der Name versprach. Denn das hieße doch: man eignet's sich an, das Kunstwerk selbst wird porträtiert, nicht kopiert, sondern wiedergefunden, aufgespürt. Es ist Gegenstand, Körper, Phantasma, man malt intime Annäherungsversuche. Man sagt: Auch ich will das Schöne, welches dem Schönen, das Frühere erreichten, aus Liebe entspricht. Denn wie vielen Künstlern gelang ihr Werk, indem sie auf radikale Weise zurücksahen! Es gibt eine Kraft der Abwehr von Gegenwart, die einer Zeitgenossenschaft überhaupt erst Gewicht verleiht. Und es gibt eine Zeitgenossenschaft, die an sich selbst so verfallen ist und so an sich selbst vergeht, daß Flucht daraus wahrhaftig alles andere als Bequemlichkeit ist, daß sie vielmehr einem Akt der Befreiung und der Auflehnung gleichkommt.

Und andere Werke wiederum wurden vom Vergessen erhalten wie Hebels Bergmann im Vitriolwasser. Erst in den Augen eines späten Entdeckers gewannen sie ihre jugendliche Schönheit, die bei ihrem kurzen Erscheinen zwischen zwei Buchdeckeln, ihrem Geburtssarg, niemandem auffiel.

Gäbe es nur ein wenig mehr Sinnier-Existenz und etwas weniger Konferenz-Intelligenz! Zu beklagen ist der große Mangel an Stubenhockern und die Überzahl von weltfahrenden, an ihr vorbeifahrenden Akademikern …

Gemeinplätze der Kritik: ... daß die Fünfte von Bruckner unvergleichlich transparent und schlank geboten wurde. Ich würde loben, wenn sie undurchdringlich und in Pracht und Fülle erklungen wäre.

Daß etwas leicht, von großer Leichtigkeit sei – ich würde loben, wenn etwas einmal schwer gesagt würde. Denn das gibt es gar nicht mehr. Alles spricht mit gelöster Zunge.

Wenn Akribie, dann unheimliche. Wenn Transparenz, dann bis zur Überhelle gesteigert. Schärfste Konturen, kühnste Frappanzen: nur wenn dämonisch. *Hochkarätig* – nur wenn Düsternis funkelt. Etwa bei der »La Traviata«-Aufnahme, dirigiert von Carlos Kleiber.

Das Tiefste ist seit langem geschrieben. Das Unterhaltsamste sicher noch nicht.

Nur wenige Autoren sind Augenöffner. Andere, darunter die besten, empfehlen den Blick mit halb gesenktem Lid.

Wieviel hätte ich nie gelesen, nie zu Gesicht bekommen, wäre da nicht der Buchhändler Hans Brockmann gewesen, mit seinen Geheimtips und dem diskreten Netz der Empfehlungen, das seine Kunden miteinander verband, auch wenn sie sich unbekannt blieben. Im Winter steh ich vor den Fliederbüschen, die er kurz vor seinem Tod in meinem Garten pflanzte. Die Knospen sind schon ein wenig geschwollen und warten auf das nächste Wärmesignal. Selten verließ er seine Buchhandlung am Bahnhof Zoo. Lange nach Ladenschluß, den es bei ihm nicht gab, versammelten sich seine »Stammgäste« in diesem engen Bücherstall und stöberten in den Raritäten. Irgendwann ging er raus, auf den Bahnhof-Strich, nahm einen jungen Burschen und holte sich den Tod.

So viel, das berührte, das hängen blieb, mich hartnäckig verfolgt, aber niemals könnte ich darüber etwas schreiben. *Über* etwas ohnehin nicht. Nur was durch den Traum und die Vermissensschmelze ging, ist Stoff von meinem Stoff geworden und läßt sich wiedergeben.

Im Grunde macht es mir wenig, wie schnell sich alles verändert. Es interessiert mich allenfalls, mehr nicht. Erleben werde ich immer nur, was ich vermisse. Ich liebe im Vermissen, ich besitze im Vermissen und ich spreche in einer Sprache des Vermissens.

Es sind schreckliche Leute, die für das Abschiednehmen als Lebensform jeden Sinn verloren. Und es müssen schreckliche Zeiten sein, in denen der unsentimentale Optimismus zur Gleichgestimmtheit von Jung und Alt beiträgt.

Vor dem undeutlich Neuen und beim endgültigen Abschied sind *anzeigende* Vorgänge und Zwischenfälle bedeutsamer als zeitdiagnostische Stenogramme. Was geschieht, ohne sich zu fügen, und doch zusammenhängend, gibt weitaus mehr zu verstehen, als zum gleichen Zeitpunkt politische oder sozialkritische Befunde erwischen können. Auch sind es nicht mehr Subjekte, »Autoren«, die etwas früher und empfindlicher erfahren als andere, sondern die Gebilde selbst, Ereignisse samt ihren Reaktionen, Stimmungen und Übereinstimmungen, erzählen und deuten die Zeit. Freilich kennen sie nur Gegenwartsschichten und Zukunftswitterung. Ein Vergangenheits*organ* besitzen sie nicht, oder es ist verstümmelt und verwachsen.

Schöne, bittere, ergreifende Erinnerungsbücher kennt die aktuelle Literatur, doch sicher ist keines darunter, das aus dem Epochenabschied seine Bedeutung gewinnt, wie es Stifter, Fontane, Proust, Tschechow oder Joseph Roth gelang. Unsere Gegenwart, die soviel Abschied vom Menschen nimmt, tut dies ohne Schmerz und Traurigkeit. Nicht zuletzt weil sie fortwährend Stimmungen und Empfindungsmoden produziert und recycelt, die den spürbaren Zeitenbruch zugunsten einer stets erneuerbaren Gegenwart verschleiern und überdecken können.

Um zu erfahren, wie sehr begabt zum Abschiednehmen der Künstler noch in der Mitte des zwanzigsten Jahrhunderts sein konnte, sollte man hin und wieder einen Ozu-Film sehen. Zum Beispiel »Herbstnachmittag« von 1962. Ein Witwer verheiratet seine Tochter. Das ist alles, zutiefst alles. Unvorstellbare Schönheit des Mädchens. Die Männer hält ein einziger Reigen von Sake-Gelagen zusammen, sie lächeln und können es nicht fassen: Japan hat den Krieg verloren! Ein Krieg, in dem Japan sich verlor. Welche Illusion! Von heute gesehen. Auch ohne Krieg wären sie alle, gleich der übrigen Fortschritts-Welt, Amerikaner geworden. Die Tochter im zeremoniellen Hochzeitskleid wird zu einer Auferstehungsvision. Der letzte Grund im Brunnen der Geschichte ist das Zeremoniell. Bei alten Meistern geben solche Bilder in ihrer Schönheit zugleich ein Sittenversprechen. Die Ikone der weiß geschminkten demütigen Braut im Zeitalter der ersten Kühlschränke, die *jetzt* im Kino plötzlich wieder auftaucht, besitzt die Stärke eines Widerrufs: als ließe sich im erfüllten Zeremoniell Geschichte abweisen. Versprechung wie Gedenken ist in die Erscheinung gelegt. Die Epiphanie aber geschieht dazwischenfahrend, unvermittelt, also ohne Medium. Erst das Bild, das blendet, läßt später wieder ein Lesen in Bildern zu.

Selbst Pornographie in ihrem harten Kern (der als solcher schlecht verkäuflich wäre) bildet einen Sonderfall der Epiphanie, der zeitbereinigten Unmittelbarkeit. Sehnsucht nach absoluter Entblößung läßt den Schauenden und den Handelnden die Rollen, auch in sich selber, ständig wechseln. Sehnsucht nach Befreiung von erklärlichen Umständen, von bildlichem Zubehör, bildlichem Geschwafel. Das reinigende Rätsel der Baubo – den Rock heben, die Scham zeigen: Die apotropäische Geste, sich und nichts zu zeigen, bringt die (Bilder-)Flut zum Erliegen und erheitert die Traurigen.

Natürlich konnte Nietzsche lediglich eine Attrappe, eine Maske Gottes für tot erklären. Natürlich ist der Mensch bereits ein Maschinenkomplize, bevor die Nanoboter in seine Zellen eindringen. Natürlich ist er thymisch längst erledigt, bevor er genetisch mutiert. Und ist sein ausgeblasenes Innenleben die Voraussetzung für den unbegrenzten Erfolg alles Machbaren.

Ein einzelner Mann, Blake, war Schöpfer einer künstlerischen Mythologie, einer mit eklektischen Figuren bevölkerten Universalvision. Auch der Ursprung von Religionen verliert sich in unendlicher Vorläuferschaft und Bastardisierung von Gestalten, Ideen und Gesetzen. Jeder Archetyp ist synthetisiert und jede Religion beladen mit Cargo-Kult-Stücken einer anderen oder früheren. Hier würde man vermutlich ebenso vergeblich nach dem einheitlichen Urbild suchen wie in der Teilchenphysik nach der einheitlichen Urkraft. Im Zuge der Berechnungen schwinden Figuration und Materie, der All-Beginn entzieht sich bis auf einige abstrakte Symmetrien, von denen man heute annimmt, daß sie vor dem Urknall waren. Vor allem Sein *ein Maß*. Vor allem Bild ein Anwehen.

Die wenigen, die noch vor Furcht und Mitleid zittern können, debattieren nicht. Der Debattierende ist nicht erschreckbar. Welche dramatischen Vorfälle auch immer, der Gleichmut der Besprechung wird sie unvermeidlich entdramatisieren und erträglich machen. Sie sprechen wohlbegründet von den größten Erschütterungen – ohne die geringste Erschütterung in ihrer Sprache wiederzugeben, fast teilnahmslos, weil die Förmlichkeit der Diskurse sie von einem wilderen Bewußtsein abschirmt.

Angst des Lebens im Sinne des späten Schelling, der wußte, »daß der Grundstoff alles Lebens und Daseins eben das Schreckliche ist«, diese Angst des Lebens ist, nachdem die künstlerisch-panischen Reservoires erschöpft sind, ganz nach außen getreten. Wir hängen an dem Schrecklichen, das andere, etwa mit den Nachrichten des Tages, uns liefern. Wir litten unter Entzugserscheinungen, wenn es ausbliebe. Es ist der Stoff, den jeder regelmäßig benötigt, um cool zu sein, denn im Zentrum der Gestimmtheit eines medialisierten Lebens befindet sich leider nichts anderes als dieses alberne Wort, das zugleich ein blutiges ist, denn es bedarf der Schrecken und Qualen anderer, um sich zu bewähren.

Hin und wieder jedoch erwacht aus dem gelebten Schrecklichen ein einzeln Erschreckender. Es sind Menschen, die ich nicht mehr kenne, zu denen jetzt mein Sohn geht. Heranwachsende, die vor ihm eine Undergroundzeitschrift aufblättern voller Gewaltpornos, abgeschnittenen Terroristenköpfen, Leibern zu Brei zerstampft, Hymnen auf die Menschenbestie.

»Es gibt keine Grenzen mehr«, sagt er zurückgekehrt, und es bedrückt ihn sehr. Der junge Franzose, der ihn einweihte, war im übrigen ein prima Kerl, ein cooler Typ. Die Initiation ist zentral auf die Abtötung von Herz, Eros und Sinne gerichtet. Cool ist: so tun, als ob fühllos öd geworden.

Niemand »verbürgerlicht« mehr. Nach und nach wird er hilflos. Abhängig von den täglichen Infusionen einer klassenlosen Öffentlichkeit. Das Individuum hängt am Tropf dessen, was alle angeht und niemanden besonders.

Das einzige Deutschland, das sich zur Leitkultur eignet, wäre das »Geheime Deutschland«, nicht nur Georges, sondern ein immerwährend verborgenes, das nur findet, wer den Weg in die dichterische Emigration antritt. Zu jeder Zeit, unter jedem Regime.

Das Land, das man in sich trägt, ist zuletzt unter dem nationalromantischen Namen der Wiedervereinigung aufgetaucht. Doch diese tatsächlichen Deutschen haben sich dann Rücken an Rücken vereinigt.

Es besagt wenig, wenn man bei der Bezeichnung des Souveräns vom Griechischen ins Lateinische wechselt, der demos ist nicht besser als der populus. Und der

Populist ist lediglich ein ungeschminkter Demokrat. Sobald es einmal nicht gelingt, Volkes Stimme mit der Stimme einer regulativen Öffentlichkeit zu überlagern, wird jener das edle Griechische aberkannt und das vulgäre Lateinische angehängt.

Der letzte vom Geheimen Deutschland Durchdrungene war – trotz allem – Thomas Mann. Es gab für ihn zum Glück keine *jüngste Vergangenheit*, die den Raum nach rückwärts abgeriegelt hätte, so daß sein Leben unverkürzt von Hartmann von Aue bis Wagner und Schönberg reichte. Um so entsetzter die Reaktion, als das Angestammte sich umkehrte und wie eine barocke Frau Welt-Allegorie den zerfressenen, schlangengefüllten Rücken zeigte. Den Anblick dieses Schreckens wird man nie vergessen, wenn man der Schönen je wieder von vorn begegnet. Und doch wäre ein impotenter Rationalist, wer die reichen Verlockungen der Vorderseite nun nicht mehr zu würdigen wüßte. Ein Strichmännchen von Mensch, der sich nicht von neuem der Illusion eines gesundeten, prächtigen Rückens hingäbe.

Moral, sagt Reinhold Schneider in seinem Tagebuch, ist ohne Transzendenz nicht haltbar. Ohne sie besitzt sie keine Autorität. Das Jenseits stützt das Diesseits. Früher fürchteten die Menschen sich vor dem Jenseits, heute vor dem Tod.

Was im *Titus Andronicus* (wie vielleicht im anarchischen Endstadium jedes Gemeinschaftszerfalls) aus dem Stand Gewalt hervorbringt, ist die leibliche Animosität. Die pure Anwesenheit, das zufällige Aufkreuzen eines Menschen genügt, um des anderen Mordlust zu reizen. Du bist da, und deshalb mißfällst du mir. Grundlos, nur der physischen Bedrängnis wegen. Des Raumabschneidens wegen, das deine Figur der meinen zumutet. Ein krummes Knie, ein schlechter Geruch verletzt den Sinn für Richtigkeit und schaltet den für Gerechtigkeit aus. Und doch reizt auch im Bösen von allem Physischen am ärgsten das meta-physische Gesicht.

Am Ende münden unsere Worte in eine Endlosschleife ein. Wir brachten das Nicht-enden-Könnende hervor. So wie im Radio ein Programmbegleiter, von den eigenen Worten betört, auf einmal in Wiederholungen zu kreisen beginnt, die ihn selbst immer seliger stimmen. Die Töne weben hin und her, her und hin, und nie wieder will er aus der Wiege seiner Worte heraus.

Gang zum cremig gefrorenen See im Triftengrund, gestürzte Erlen, auf den Wiesen Schneelachen, gescheckt grünweiß. Ein violettbraunes sfumato entweicht dem Schlehen-Collier, das um den Hals meines kleinen Parks liegt, eine Farbe, die schwelt oder verdunstet und die schroffen Konturen der kahlen Rotbuchen verbrämt. Was weiß ich schon? Was schießt in den Sinn, was nie? Man ist nur das Opfer zufälliger Gedächtnissalven, eine Marionette der Synapsenwillkür. Es gilt, das Erinnern neu zu erfinden.

Weder Auge noch Geist sind Nebelbrecher. Nebel ist Nebel, keine Gerätschaft des Menschen kann ihn beseitigen.

Nicht nur ein stilistisches Laster ist es, ein »Wir« zu setzen als Pathospronomen der kulturkritischen Selbstbezichtigung. Das Wir wird sogar zum moralischen Trickbetrug, sobald man sich selbst eigentlich nicht dazu zählt. Hier finde ich den Balken im eigenen Auge. Ich benutze häufig ein kulturelles Wir, um mich aus suggestiven Gründen einzugemeinden, wo ich mich in Wahrheit abzusetzen trachte. Dabei ist meine Geschichte seit langem die eines Bedürfnislosen, der mit ein bißchen Wein und seiner Katze den Abend allein verbringt, von Herzen unzuständig für ein kollektives Unbehagen. Dem es wohl ansteht, freundlich zu sein und niemals zu grimassieren, da er unentwegt einen freien Ausblick genießt und sich nicht hetzen muß. Er hat seiner Ausdauer, seiner natürlichen Anlage, zu harren, zu wohnen, zu säumen, den idealen Raum verschafft. Einen Raum, in dem es nichts Kurzatmiges gibt und wo ihm keine abrupten Äußerungen mehr abverlangt werden. Kein Klappern in den Pappelblättern, das noch zum Handwerk gehörte. Völlige Freiheit vom Holterdiepolter. Und auch die Übung, wider den Stachel zu löcken, gegen den Strom zu schwimmen, gehört nun nicht mehr zur täglichen Ertüchtigung. Der eigne Wille (oder nur: der Eigensinn) scheint endlich unabhängig von Stachel und Strom.

Eine Spatzenschar jagt aufs breite Fenster zu, und knapp vor der Scheibe hebt sie sich wie eine Tieffliegerstaffel über das Dach hinaus. Aber die Bachstelze, allein, ohne Tuchfühlung, empört über die versperrte Luft, klopft mit dem Schnabel gegen das Glas. Probiert es mehrere Male. Soll sie denn ihren Augen nicht mehr trauen?

Billie, das Ohr auf dem Seil: zum Einschlafen legt sie den Kopf auf ein vielmals verknotetes Seil. Sie findet in der Nacht durch alle Windungen hindurch, ohne es zu lösen.

Eine Sonne tags, Milliarden in der Nacht. Das Taglicht drängt sie ins Haus zurück. Die Sternennacht hingegen reißt alle Türen auf. *Aber wir können nicht fliehen, obwohl uns der Traum den Rhythmus der Flucht vorgibt und einhämmert. Wir erleben den ganzen Wahn der Flucht – und treten sie nicht an. Sind erfüllt von Flucht – und alle Nächte stehen weit offen. Doch wir können nicht direkt davon, wir müssen zuerst durch die Erde ...*

Jedes Denken ist Wunschdenken. Denn was da ist, den Menschen zuhanden, und was sie verbindet, was sie treibt, was sie schützt und entsetzt, ist das von allen Undurchdachte.

Die Dinge verwirklichen ihr fading. Kaum etwas, das nicht schwände.

Der Fratze des Blöden gleicht das Antlitz des maßlos Hörenden allein auf dem kahlen Feld. Das lustverzerrte Gesicht trägt die Züge des Gefolterten. Mimische Reduktionen.

Ordnung ist das Unwahrscheinliche und daher eine Erscheinungsweise der Kunst.

Invasion der Implantate! Alles wird dem Menschen einpflanzbar sein und alles wird anwachsen. Nicht nur Netze der Kommunikation, bioplastisches Material, Stammzellen etc. Was mit e i n e r Sprache die ganze Welt erobert, hat auch die Grenzen zwischen sozialem und persönlichem Leib schnell überwunden. Die Verständigung ist durchdringend. Die Interessen überall dieselben, teilbar für jedermann. Und doch ist in allem ein heimliches Nachlassen zu spüren, ein unerklärliches, tief inneres Nachlassen, das beunruhigt. Ein Nachlassen der Ideen oder gar des Idealen, das gemeinsam mit dem Realen entwich?

Das Raffinement wird einzig auf den Grobianismus verwendet. Lediglich die sinnliche Vermittlung von Brutalität wird immer erfindungsreicher und manierierter.

Als wäre da ein fernes Gemurmel, das plötzlich inmitten der lärmigen Straßen, der rührigen Menge ein Vernehmen erregt, und aus dem Durcheinander bildet sich eine Gasse des Schweigens, durch die dieser leise und goldene Ton unendlich langsam heranrollt und dabei ständig ein wenig größer, schwerfälliger und lauter wird.

Zukunft bildet sich aus unbeschaffenem Alten. Ihr Material ist das vor Zeiten Übersehene.

Vielleicht hätte ich mich nie für das Wenige interessiert, wäre das Viele mir nicht eines Tages zuviel geworden. Zuviel aber ist die höchste Negation, negativer als nichts.

Digging Billie ... Sie ist die Frau, die ich nicht wurde.
Nur war's nicht der Adler, sondern der abartige Rabe, dessen Klaue sie griff und den sie hielt mit beiden Händen. Sie setzte ihn an ihre entblößte Seite, und der Schnabel begann ihre weiße Haut zu durchstoßen. Er hackte in ihre Eingeweide und riß kleine braune, trie-

fende Klumpen aus ihrer Leber. Es war deutlich zu sehen, sie, schrill und einsam, und er, der unnatürliche Rabe, schlug die berühmte Stelle, wie es für alle Ewigkeit ein größerer Vogel an einem Größeren tut. Daher wird es *in Form und Bild* niemals aufhören, daß Vögel den inneren Menschen kröpfen in seiner Verbannung.

Ich dachte an meine letzte Begegnung mit ihr, ein Wiedersehen nach bald zwölf Jahren, und alles sah ich an ihr wieder. Ihre Schönheit, ihre Bitterkeit, ihre Kraft. Nur stärker als früher war auf einmal ihr Verlangen nach Ruhm. Den ihr doch heute jeder Nachrichtensprecher voraus hat. Heute, da Ruhmsucht zur Volkskrankheit wurde! Eine gute Novelle sollte jemand schreiben über sie, ein Buch, das nur ihren Namen trägt, Digging Billie. Rauchte zuviel, trank unmäßig. Ging darüber ständig mit sich ins Gericht und geißelte dann ihren Hang zum schlechten Gewissen.

Ich fragte sie, schüchtern und sentimental, ob wir nicht einmal wieder zusammen sitzen könnten. »Wie sollte das aussehen?« erwiderte sie mürrisch. »Na, einmal wieder essen gehen zusammen, wie früher.« Sie begann unverständlich und entstellt zu reden. Ich wollte wissen, was sie denn empfände, von früher noch empfinden könnte, doch sie sprach wirr über mich hinweg, um mir auszuweichen. Sie sprach ganz entsetzlich verzeichnet und mit perverser Stimme, bloß um mir zu bedeuten, daß sie für mich nicht mehr erreichbar sei, so nah wir auch beieinander waren.

Wie sie denn heute zu Ribb, meinem verlorenen Freund, stehe? Ich hätte so gerne mit ihr ein wenig Einvernehmen über ihn erzielt! »Dieser protestantische Wurm! Diese intellektuelle Küchenschabe, ich habe ihn niemals verstanden, er hat mich mit geistigen Geräuschen belästigt.« Er ging immerhin drei Jahre an ihrer Seite, war der Vater ihres Sohns. Doch es traf ihn nur noch Verachtung im Namen ihrer neuen, herrschaftlichen Aszese. So sah ich eine Mächtige meines Lebens wieder in dieser Nacht und fürchtete mich vor ihr.

Ribb, vom Rauschgift ausgehöhlt, besaß vor fünfundzwanzig Jahren die große Jugend des Dichters. Jetzt pilgert er zu manch einem, der neuen Ruhm bekommt, den man gerade überschwenglich mit Lob und neuer Hoffnung bedenkt, und schmiegt sich ihm an, der Ausgebrannte, und stellt ihm feine Fußangeln. Er preist ihn, und dabei zuckt der Ekel um seinen Mund, die Gesichtszüge laufen ihm davon. Er lobt den Neuen so, als finde er darin noch einmal die eigene gelobte Zeit. Unüberhörbar prophezeien diese Töne des anderen nahen Untergang. Und manchmal flüstert er sardonisch das Wort des Rimbaud: »Was ist mein Nichts angesichts der Bestürzung, die euch erwartet?«

Billie, überblendet mit dem Bild der kinderfressenden, heftig abbeißenden Zeit. Die große Frau ist nicht die Lösung, sondern die Vernichtung der Frauenfrage. Die trunkene Frau – ihre Herrschaft ist weder Tyrannei noch Weisheit. Sie besteht von Kopf bis Fuß aus Verschwendung und Grausamkeit und Hingabe bis zur Selbstaufgabe. Sie steht vor dir als ein Turm von Irrtümern. Erhaben und einsturzbereit. Sie ist fanatisch. Aber ihre Schwere verhindert, daß sie fuchtelt. »Du fuchtelst!« sagte sie zu mir, wenn ich mich schnell erregte und doch nichts in Angriff nahm.

»Die Zeit frißt. Ich fresse nicht mehr. Ich habe alles

verschlungen, was früher war. Beiläufig erwähne ich … beiläufig weise ich daraufhin … *Lerne* war der Ort der Kastration. Herakles enthauptete die fünfzig Köpfe der Hydra. Fünfzig Danaiden enthaupteten dort ihre Männer. *Theben* aber war der Ort des Auges, der Sehtäuschung, der Voyeure. Kadmos, Ödipus, Aktaion. Versteh mich nicht falsch.«

Da nun die Wolkenschale brach und das Licht wie glasiger Reis ausfloß, der Wind dünn wurde und die Sonne von der weißen Mauer zurückstrahlte in meinen Nacken, auf der Bank vor dem Haus, da trat mein Sohn herbei und erzählte mir Neuigkeiten aus der Heldenzeit, von Rittern und Sängern und wundermächtigen Königen. Ich aber sah ihm in die Augen und spielte vor diesen sehnsüchtigen Augen einige Menschen vor. Ich übertrieb ihr Gehen und Können, ihre Liebe und ihre Eitelkeit. Ich spielte sie so, daß er sie weder zu ernst noch zu leicht nehmen konnte und auch ihre verfänglichste Gebärde bemerkte. Ich parodierte, er lachte. Dabei wurde ich mehr und mehr zu jenem Gesellen, der dem Kind am wenigsten behagt, der an der Tafel des Herrschers alle vermenschelt, der Narr, sogar die Heiligen und Helden, weil sie uns Ältere manchmal bedrücken.

Im wesentlichen berichte ich den toten, den von mir geliebten Autoren, die unverständig aus mir herausblicken auf diese Welt, von den unerhörten Dingen, die sich dort zutragen. Dabei versuche ich mich in einer Sprache auszudrücken, die ihnen, wie ich hoffe, bekannt vorkommt. Jedoch, wenn man es stilistisch genau nähme, so *fragt* alles, wovon ich spreche. Es fragt an bei ihnen und ihrem alten Verstehen.

Die Periode, in der ein Künstler der Vergessenheit anheimfällt, kann für den einen oder anderen zu seinem Überlebenselixier werden. (Hölderlin, Bach, Musil etc.)

Ohne tief vergessen zu werden, hat jedenfalls das große Werk eine geringere Chance, späteren Menschen revolutionär zu erscheinen. Der nicht traditionelle Mensch hat so ein bergendes Vergessen verlernt. Er hat sich vielmehr für Vergeßlichkeit als Charaktereigenschaft und Voraussetzung seiner Produktivität entschieden. Folglich tritt ihm auch kein Ereignis so nahe, daß er es erst durch Vergessen und Erinnern wenden müßte, um es ganz zu ermessen.

Bruder und Schwester sind sie, auf Anhieb zu erkennen. Eine Ähnlichkeit ohne hervorstechendes Merkmal, die deshalb verwirrt und den Unterscheidungssinn überfordert. Landschaftsgärtner und Krankengymnastin. Bei ihm ein härterer Kniff im Mundwinkel als bei der Schwester. Auffallend bei ihr die erhabenen senkrechten Hautfalten des Philtrums über den Lippen, zu deutsch: der Schnuddelrinne. Wirklich?

Ähnlichkeit bleibt der Sprache schwer zugänglich. Sie gehört dem Ungefähren, dem gegenüber Differenz und Nuance machtlos sind. Mit verliebten Blicken, ohne falsche Scham, aber auch ohne auffälliges Geschmuse lehnen sie aneinander neben der U-Bahn-Tür, auf dem Weg zum Vergnügen, ein Wochenende steht bevor. Sie werden ins Steakhaus gehen und anschließend tanzen in einer der sanfteren Discos. Die Geschwister hatten sich plötzlich ineinander verliebt wie zwei, die sich vom Arbeitsplatz kennen und nicht von der Wiege an, durchs selbe Blut und aus demselben Wohnzimmer. Sie spüren nicht einmal den Grenzfall der Liebe. Sie würden das Wort Blutschande für einen exotischen Begriff halten, etwa wie Blutrache. Der Landschaftsgärtner und die Krankengymnastin haben dieselbe Mutter und denselben Vater und feiern Jahr für Jahr gemeinsam die Familienfeste. Was ermöglicht ihnen auf einmal dieses hübsche Fremdtun voreinander und dies Lächeln, das den andern erst gewinnen will, dies beinah Neue der Anrede, die ganze Art sich aneinanderzuschmiegen und sich auf einmal *nicht mehr* in- und auswendig zu kennen? Wer zum Teufel hat ihnen dies tiefe Vergessen, einander seit Kindertagen vertraut zu sein, eingeträufelt?

In der Geschichte der Byblis, die ihren Bruder Cannus liebt, versagt die Schrift. Das meint sogar die Unglückliche selbst. Auf eine Wachstafel schmiert sie ihr verbotenes Geständnis. Ziert sich, streicht aus, tilgt, neues geziertes Wort, abgefälschte Geilheit, alles geht schief und wird schmierig auf der Wachstafel. Der Diener, der sie dem Bruder überbringt, ist ungeschickt und schmunzelt eingeweiht, geheimnistuerisch. Der Effekt bleibt nicht aus: der Bruder wütet, ergreift die Flucht, denn er ahnt, wie heftig die Schwester ihm zusetzen wird, wenn er in ihrer Nähe bleibt. Sie verflucht ihre Schrift. Das Schlechtgeschriebene der furchtbaren Wahrheit. Einmal im Traum, in der Lautlosigkeit der Bilder, lag sie mit ihm vereint. Wäre sie doch gleich nach dem Erwachen zu ihm geeilt, hätte ihn umschlungen, seine schlaftrunkenen Sinne nutzend – aber die kalte Schrift hatte alles verhindert zwischen ihnen. Wie eine schrille Alarmglocke, die zur Vorsicht wachruft, damit das Feuer gar nicht erst ausbrechen kann.

Ich war der Beiseitestehende unter all den Kindern, den Jugendlichen auf dem Platz vor der verschlossenen Kathedrale und lehnte neben dem Portal an der schwarzfleckigen Marmorfassade. Es waren Heranwachsende, wie man sie überall sieht, aber sie unterschieden sich untereinander auffällig in ihrer Kleidung und Aufmachung. Mädchen mit halblangen Zöpfen waren darunter und Jungens in kurzen speckigen Lederhosen, andere wieder trugen Hip-Hop-Hosen und verdrehte Baseballkappen. Wenn man genauer hinsah, waren es Kinder verschiedener Generationen oder sogar aller Nachkriegsgenerationen, die miteinander spielten, herumhingen oder tuschelten. Schöne bunte multichrone Lunger-Gemeinschaft vor der Kathedrale, skatend und auf Stelzen, rauchend und den Kreisel peitschend.

Ich werde von Tag zu Tag jünger im Verhältnis zu der wachsende Menge von Dingen, die mir neu sind, die ich noch nicht erfahren habe, die ich mit säuglingshafter Wißbegierde erst entdecken muß. Das Innenleben blüht. Die Haut wird welk. Wie unpassend kommt das!

Im Untergrund deiner selbst hast du immer in summa gelebt und die Zeit in Teilchensprüngen vor und zurück, gleichsam als eine Elementarzeit, erfahren. Hier erkennst du nichts von Folge, Fortschritt und Zusammenhang. Die Vorsilben *post*, *prä*, *trans* sind bedeutungslos für den Simultangeist. Zugegeben: was *wissen* wir schon vom heiligen Allzugleich, dem totum simul und von der verborgenen Tiefenzeit? Unser Hirn kann auch sie nur in Diachronie übertragen, das Bewußtsein zerschneidet *die Fülle* in Sequenzen. Vielleicht gibt es ein Organ für das Allzugleich – Rilkes »alle vollzählige

Zeit« – nur unter den Geschöpfen Gottes, die kein Selbstbewußtsein besitzen. Vielleicht haben Engel wie Asseln daran teil, nur wir nicht. Oder Simultaneität bleibt einem technisch höher entwickelten Menschentyp vorbehalten. Vernommen wird die Melodie seit Urzeiten und manchmal bricht sie plötzlich den Einwegzwang der Stunden.

Alles aber ist da in einem großen Zugleich. »Der ewig lebt, der hat alles miteinander geschaffen.« (Das Buch Jesus Sirach 18,1)

Das Maß des Stehenbleibens unter der Sonne. Stylit Mensch. Die kreisende Pflanze seines Schattens.

Allein, Diminutiv von All.

Der braune Nabel, Trennwirbel, Abschluß der Unendlichkeit. Was bist du? Abschnitt vom Endlosen. Abscissio infiniti. »Will nämlich einer sich auf etwas besinnen und es sich ins Gedächtnis zurückrufen und hat er keinerlei Vorbegriff und Vorstellung von dem zu Suchenden, so wird er gewiß suchen, sich anstrengen und sich ins Endlose verlieren.« Mit einem Vorbegriff aber, so meint Bacon, wird sogleich das Endlose abgeschnitten. (Novum Organum II, Aphorismus 26)

Abschnitte des Endlosen. Würde sich aber ohne jeden Suchbegriff unser Gedächtnis öffnen lassen? Gäbe es einen vollkommen unvorbereiteten, willkürlichen Eintritt in seine Endlosigkeit? Eine planlose Reise durch das eigene Gedächtnis, von dessen tatsächlichem Umfang oder gar kultureller Tiefe niemand etwas weiß. Sie wäre das einzige Angebot der neurochemischen Revolution, das für mich interessant werden könnte. Ich würde niemals zurückkehren.

Es ist, als ob die Tür, durch die man das Haus verließ, zur blinden Tür versteinerte. Man kommt nie wieder ins Haus zurück! Und auch daß man es durch diese Tür verlassen hätte, muß ein Traum gewesen sein.

Der Habicht duckte sich unterm Sturzflug eines kleineren Vogels. Der Greif wachte auf dem kahlen Wipfel einer Rotbuche, am Rande meines Parks. Der Kleinere streifte seinen Hinterkopf, die Nackenhaare sträubten sich. Ich sah die tiefen schwarzen Augenhöhlen, wie Höhlen ohne Augen schienen sie mir, als seien es Öffnungen für das innere Wesen, für das spähende Habicht-Herz. Er zuckte zusammen, riß halb die Schwingen auf, der Kleine wollte dieses Ungetüm mit den herrlich runden Schultern unbedingt aus seinem Revier vertreiben, kein Kleiber, etwas größer, helle Brust und dunkelgrauer »Anzug«. Er flatterte erbost um den düsteren Helden, der sich ärgern ließ, ohne sich zu wehren. Und dieses lästige Geflügel ließ nicht locker, schwirrte ihn immer wieder an. Was konnte der Greif ihm auch schon tun? Schwerfällig, stolz, legendär und humorlos, wie er da hockte und auf die Weide starrte, als rühre ihn nichts, unfähig eine jähe Fangbewegung auszuführen. Die Natur hatte den Mächtigen ausschließlich auf ein würdevolles Beutefassen beschränkt. Er konnte nur schlagen, um zu töten. Nichts Kleinliches, Abruptes und Hastiges erlaubte sein Erbgut.

»Als man vor einiger Zeit mit Energie und Entschiedenheit die Frage stellte: was ist der Mensch?, entdeckte man sehr bald, daß er nichts von dem ist, was man bis dahin angenommen hatte.« Möge dieser Satz Ortegas noch viele Vernissagen neuer Menschenbilder einleiten!

Leibniz meinte, »die ins Unermeßliche zunehmende Sittenverderbnis in Europa« erfordere, »daß die Chinesen zu uns Missionäre abschicketen«. Zweifelt man nur deshalb an der Diagnose eines Sittenverfalls, weil mit ihr von Generation zu Generation beständig das einzigartig Neue an Schlechtigkeit beklagt wird? Oder gibt es einen generationsunabhängigen Sittenverfall, der politischen Systemen oder geschichtlichen Perioden zugehört? Wer ermißt ihn? Spätere Historiker, die schlüsseziehenden Besserwisser, die immer hinabsehen auf eine vergangene gelebte *Naivität*? Den authentischen Sittenverfall gibt es eigentlich nur als Affekt des persönlichen Alterns.

Wenige Schallpartikel genügen, um eine perfekte Klangwiederherstellung eines verschollenen Tondokuments zu ermöglichen. Eine Spur Schweiß aus dem Schweißtuch der Veronika – und der Heiland kehrt wieder? Napoleon aus einem Schnupftuch mit Spermaresten wiederhergestellt? Die wahre Apokalypse: Auferstehungstechnologie. Alle Helden kehren zurück – abwärts in unsere Tage! Wo aber gar kein Zeit-, Geschichts-, Handlungsspielraum für diese Rückkehrer bereit steht und wo sie gefangen sitzen in einem gläsernen Käfig zum Anschauen: der *wirkliche* Napoleon. Die Menschen verlieren jedes Interesse an ihren Mitmenschen. Sie wollen nur noch mit Außerkontemporären zu Mittag essen.

Wer plötzlich hereinstürzt, deine Loge aufreißt, in die Tür tritt mit Kamera und Mikrophon, um dich, Pförtner, auszufragen, dein von dir verkanntes Leben zu erkunden, das Mädchen und der Gevatter mit dem blitzenden Sensenblatt, der Frager, der Totfrager. Wer dich ausfragt, Pförtner, ist furchtbar. Spürst du den metallischen Schnitt dieses Lichts? Duck dich!

Bereits 1932 suchte Valéry mit geradezu meßtechnischen Methoden nachzuweisen: den Rückgang der Empfindungsfähigkeit, die Zunahme an Abstumpfung in der Gesellschaft. Ähnlichen Mutmaßungen wird auch heute wieder nachgegangen. Dabei wechseln in Zeitgefühl und Kunst eigentlich nur die Perioden des feineren mit denen des gröberen Strichs. Der sensible Impressionismus mit dem breiteren Expressionismus. Popart und stille Nuance, Sturm und Drang und Symbolismus, Aufklärung und Fantasy. Weder Evolution noch die Wiederkehr von Gleichem finden statt, sondern die ungezwungene Variation von fünf, sechs Grundtemperamenten im menschlichen Ausdruckswesen. Mal überwiegt das Politische, mal das Innerliche. Mal das Religiöse, mal das Hedonistische, und jedes wird unweigerlich zum Fortschritt oder *einzigen* Ideal erhoben, solang es eben dauert. Manchmal kommt es zu den aufregendsten Mischfiguren. Und nicht selten sind diejenigen Künstler am interessantesten, die einer Periode vorgreifen und sie am gewagtesten verkörpern, bevor sie überhaupt zu ihrem Namen findet.

Es wurde ihm alles ein Draußen, und drinnen war nichts mehr. Was ihn zu bewegen schien, bewegte sich draußen – vor dem Fenster, vor dem Gefühl, vor der

Unterscheidungskraft. Er mußte ganz aus sich heraus und in ein kühles, schattenhaftes Draußen geraten sein. Er war zwar imstande, zu erkennen, was zu ihm gehörte: sein Wissen, das ihn nicht mehr bedrängte, seine Seele, die ihn nicht mehr beschwerte, sie lag vor ihm wie das graue Hirn in der offenen Hand. Und was einmal sein Bewußtseinsstrom gewesen, zog nun vor dem Fenster seiner Person in einer ungeheuer lächerlichen, unaufhörlichen Parade dahin, Fakten und Regungen marschierten Arm in Arm und warfen ihm eine ironische Kußhand zu. Er war von seinen Sorgen und Freuden ausgeschlossen, und obwohl er sie einzeln aufrufen und bezeichnen konnte, spürte er nichts mehr von ihnen. Nichts von der Zeit, die verging, nichts von seinen Schmerzen, seiner Traurigkeit, seinem Wankelmut, sie alle liefen in Kostüm und Maske, in billigster allegorischer Verkleidung draußen beim Umzug mit.

Er wußte nicht, was er sagen sollte. Ob er mit Worten noch etwas davon zu sich zurückholen konnte? Er ballte mehrmals fest die Hände, ballte und öffnete sie, ballte und öffnete sie – aber es kam kein Ton über seine Lippen. *Seine* Sprache war nicht mehr da. Doch das allgemeine Sprechen stürzte auf einmal wie nach einem Dammbruch ins Tal dieses Menschen, und so sprach er fortan panisch und willenlos mitgerissen, wie man eben so spricht.

Es könnte eine Utopie sein, die Übermacht der Zerebralsphäre zu stürzen, aber ein Projekt ist es lediglich, sie noch zu erweitern und leistungsfähiger zu machen. Die Idee der »Vollkommnung«, im zwanzigsten Jahrhundert ein gesellschaftliches Gift, verfolgt und beirrt keinen politischen Menschen mehr. Stückweis und in

Schüben steckt sie unausgesprochen in technischen Projekten und Programmen, die man, eine Frage der Zeit, auch ausführt und verwirklicht. »Wir arbeiten daran.«

Jedesmal, wenn in Calderóns »Großem Welttheater« eine Person abtritt und dem Tod Gefolgschaft leistet, fragt ein anderer: »Und was beginnen wir nun ohne ihn?« Darauf, solange es ihn gibt, antwortet der »Reiche«: »Wir plaudern vor wie nach.«

Die Bühne ein Raum, nur um abzutreten. Um im Bühnenhintergrund für immer zu verschwinden. Der Zuschauer starrt in den endgültigen Ausgang. Der Guck-Kasten, die ganze Theaterei, nichts als eine Schleuse zwischen Körper- und Schattenwelt.

Der Starenschwarm in der Morgensonne, der durch geringe Wendungen wie eine Jalousie kippt und ins Unsichtbare, Luftgleiche verschwindet.

Von Tisch zu Tisch, die Hände faltend, zog ich in meinen leeren Häusern herum, Haupthaus, Gästehaus, Kornspeicher-Bibliothek, Kornspeicher-Sportraum, Stall eins, Stall zwei, überall stehen Tisch und Stuhl bereit, und draußen weiter von Bank zu Bank im nebligen Gelände, und jedesmal saß ich, als sähe mich jemand sitzen.

Der neunmal müde Himmel und das warme Liebesgeflüster, wiederkehrend.

Das tiefere Blut, das in uns umläuft, ist das Blut des Vergessens. Es stärkt die Sinne, es macht das Bewußtsein zu dem, was es von Natur aus ist: ein Stoffwechselprodukt unseres Vergessens. Das Vergessen ist zuerst gewesen, und es wacht über unsere Zeit.

Wir brauchen keine Aufklärung, sondern hin und wieder einen starken Lichteinfall. Und etwas Sinn für fernes Licht.

Weshalb sich das Licht zur Aufklärung verminderte, die Aufklärung zum hellen Kopf, der helle Kopf zum matten Schein der Monitore, diese Universalgeschichte des Dimmens erkläre mir einer!

Nichts, was du weißt, stimmt mit dem, was du sonst noch weißt, überein. Du hast unzählige Bestandteile, Fakten und Ansichten, gegeneinander gehalten, aneinander gemessen und miteinander verglichen, bis dir schließlich unabweislich wurde, daß nichts paßt, daß *hier und jetzt nichts stimmt.*

Leider gelang es nicht, deine Beweise so zu formalisieren, daß am Ende ein mathematisch eleganter, unumstößlicher »Unstimmigkeitssatz« dabei herausgekommen wäre: auf jedwede Gegenwart anwendbar, eine Problemlösung.

Mich befreien? Wovon? Von wem? Ich will mich nicht befreien – außer von allem, was mit dieser verrückten Idee, sich von irgend etwas befreien zu müssen, zusammenhängt. Ich lebe mit meinen Nachtmahren, meinem Versagen und meinen unwiderruflichen Versäumnissen nun schon ein halbes Jahrhundert. Sie vermehren sich und formen einen plastischen Begriff von meinem Leben, sie geben ihm Richtung und Kontur – ich sollte mich von dieser Bitternis befreien? Von der Herrschaft eines energischen Vaters über meine eigenen bescheidenen Lebensenergien befreien? Ha! Es bliebe wenig übrig von mir! Ich wollte mich unterwerfen, und ich habe mich unterworfen. Davon habe ich profitiert. Und somit ist auch dieses elende Kapitel beendet. Letzte Stellungnahme aus dem psychologisch-intellektuellen Komplex, der im Westen des späten zwanzigsten Jahrhunderts keine geringere Bedeutung besaß als der militärisch-industrielle im Osten. Um dem Jargon die Ehre zu geben: Ein von mir selbst bestimmtes Leben wäre nicht beherrschbar gewesen. »Was immer ich bin, ich bin nicht ich selbst.« Chesterton.

Ich habe gelebt, als ob mein Tag noch kommen würde. Aber, die Wahrheit zu sagen, er war schon vorüber, als ich geboren wurde.

Jemand schrieb in der Zeitung über einen jungen Gentechnologen, der vom Ehrgeiz besessen ist, den Krebs zu bekämpfen: »Auch er hat ein Heilsversprechen, aber ein modernes, nicht für die Seele, für den Körper. Damit ist er im Vorteil, weil wir in einer Körperwelt leben, nicht mehr in einer Seelenwelt.« Dieses »Nicht mehr« verrät jenen »Haß des Leibes auf die Seele« (Teixeira de Pascoaes), mit dem wir uns seit langem (und so antignostisch) in Form halten. Welch glücklicher einfältiger Treffer! Er bezeichnet genau die Grenze zwischen demjenigen, der wieder *Seele* zu sagen beginnt, weil sie größer ist als das Objekt der Psychotechniker, und jenen allgegenwärtigen Monstern des Leichtsinns, deren Worte ohne Gewicht sind und deren »Nicht mehrs« inzwischen wie schrumplige Luftballons über ihrer Vereinsfeier niedergehen.

»Jugend ist Mangel an Bewußtsein, eine zähe fleischliche Masse, die sich zwischen uns und unsere Seele geschoben hat«, heißt es in dem wunderbaren Hieronymus-Buch des mächtigen, immer noch unentdeckten Portugiesen Teixeira de Pascoaes.

Mittlerweile sind wir fast gehalten, der Verflüchtigung des Körpers mehr Beachtung zu schenken als der der Seele. Wenn wir in den alten Widerspruch zusätzlich das *Digital* einführen, das bezeichnende Attribut des Flachkörpermenschen, dann hätten wir es gleichsam mit dem Haß des Fingernagels auf den vollen Finger zu tun. Oder mit dem Haß des Schattens auf den, der ihn wirft.

Es gibt ja einen neuen Kult der Körperverächter, sie nennen sich Extropisten und schwärmen davon, den menschlichen Geist in die Maschine zu retten, damit er dem verrottenden Planeten in letzter Minute entkommt. Theology of the ejector seat. Sein Geist, sein Wissenswille soll sich – wohl mit der Antriebskraft des Urfluchs – über den Menschen hinwegheben und wird schließlich ohne ihn, ganz körperlos, eine noetische Ekstase, durchs Weltall irren.

Der Fortschrittsglaube war immer dumm; der Fortschritt selber hingegen meist etwas klüger als seine intelligenten Kritiker.

Fortschritt nennt man die notwendige Korrektur an einem vorangegangenen. Die negativen Folgen einer hochentwickelten medizinisch-pharmakologischen Technologie, der übermäßigen Lebensverlängerung, des immer frecher abgewehrten Todes, zwingen die Gemeinschaft, einen gewaltigen *sozialen Fortschritt* zu machen. Zuletzt schlägt jeder Fortschritt einen Irrweg ein, den der nächste wieder zu richten vorgibt.

Die Signaturen des Leidens werden nicht mehr die Zeichen und Rätsel sein, die Kierkegaard oder Freud zu lesen wußten. Es wird kein Scheitern mehr geben, das sich in der klassischen Sprache des Scheiterns ausdrücken ließe. Man wird sich seiner selbst nicht in der Sprache des Leids besinnen.

In ihren Höchstfällen »wird jenes ›Griechische‹ der deutschen Sprache wirksam, jenes Äußerste an freier Schönheit« (Hofmannsthal). Bei wie vielen Gedanken muß man doch ein kleines Kreuz davor mitdenken: ausgestorben, in neuerer Sprache tot!

Der große Brand wird nicht mehr in der Sprache gelegt, wie einst von Hegel oder Nietzsche. Sprachliche Ausdruckskraft reicht nur noch, das unruhige Flackern eines Widerscheins zu sein. Und die meisten begnügen sich mit den Spielen des Widerscheins. Aber wie Ethik und Moral nur leere Begriffe sind ohne Furcht, so flackert die Rede der Losgelösten am unruhigsten, wenn das Feuer fast heruntergebrannt ist. Die Losgelösten erfreuen sich an ihrem unbegrenzten Können und verzweifeln an der Unverbindlichkeit ihrer Rede.

Die großen Veränderungen in der Sprache der Malerei oder der Literatur sind immer mehr Formevolution gewesen als Nachahmungen oder Replik des aktuellen Stands der Zivilisation. Die folgenreichste soziale Revolution des 20. Jahrhunderts, die Antibabypille, ist auf den gleichzeitig entstandenen Farbtafeln Mark Rothkos ebensowenig zugegen wie die Verwendung von Leichtbaustoffen der Fahrzeugindustrie im Spätwerk Claude Simons. Da wir zeitfühliger, sogar zeiterfahrener sind als die meisten Generationen vor uns, sollten wir eigentlich bemerkt haben, daß etwas fehlt in dieser präzis erwogenen Zeit: ihr Gegengewicht. Der Künstler ist nicht allein der Rezipient, sondern auch der Rivale seiner Zeit.

Jemand berichtet, daß Geschenke ihn jedesmal aufschluchzen lassen. Alle Geschenke sind Gaben der Hinterlassenschaft. Angebinde der Abwesenheit. Die Gabe ist vor allem das, was zurückbleibt. Sie erhandelt das Gedenken an den Geber.

Dein Beruf? Kaum mehr, als deine Kindheit gegen ein würdeloses Erwachsenenleben zu verteidigen. Nur ein fleißiger Adnoten-Schreiber, der Menschen, Büchern, Zeitgeschehen, Bäumen sein Zeilchen anhängt, der Untenstehende auf Zehenspitzen, der über Mauern in fremde Gärten späht, der leise Immerverirrte, der nur auf Umwegen und Randpfaden sich fortbewegen kann, blödsinnig streunt in fremden Städten, auf Reisen allein, nichts sehend in Bordeaux oder Madrid, herumläuft bis zum Umfallen, bis eine Farbe, ein unverhofftes Sepia nach kurzer Berührung mit einem Fremden das ganze Gesicht überschwemmt … Auf solchen Wegen gibt es kein größeres Verlangen, als in eine fremde Wohnung einzutreten. Von einem mich erwartenden Menschen begrüßt, empfangen, hineingebeten zu werden, das Zuhause dieses gestandenen Unbekannten mit verstohlener Neugier zu mustern. Denn nie ist das Zuhause eines fremden Menschen einladend für uns, nie gefällt es auf den ersten Blick. Es befremdet weit mehr als der Fremde selbst. Das Ambiente, das er sich schuf, und was er da an Dingen und Kleinigkeiten bevorzugt, der persönliche Geschmack, wie verräterisch ist das alles! Man wagt gar nicht genauer hinzusehen, denn sein Zuhause verrät ja alles auf einmal, was man an dem Menschen erst Zug um Zug entdecken würde. Ganz anders als seine Kleidung, seine zweite Haut, sie gefällt ja oft auf Anhieb, oder gefällt nicht, aber sein Wohnen, die dritte Haut, befremdet immer.

Ein ästhetisches Drei-Welten-Schema (nach Popper). *Welt 1*: die Sphäre der sinnlichen Oberflächen und des imaginierten Realen. *Welt 2*: Abstraktionen, Nachahmungen von Netzwerken und Träumen, Schnittstellen-Ironie. *Welt 3*: plötzliche Einschläge aus dem Unerschließbaren, die nur in Sprache empfangen werden können. Die wahren »Zeichen« oder Fulgurismen.

Welt 3 ereignet sich in der Regel nur, wenn man mitten im Gedränge von *Welt 1* steckt. Von *Welt 2* führt kein direkter Weg zu *Welt 3*.

Ein mutiger Denker? Geschenkt. Zum Denken gehört nicht Mut, sondern Anmut.

Aus Vordenkern werden niemals Denker.

Groß aufschlappend stieg der Seeadler über die Trift, und der »Partner« oder die »Partnerin« erscheint kurz darauf über dem Wald. Gemeinsames Aufsteigen in weiten Spiralen – wie ein Erzählen über lange Distanz. Im Vordergrund ahmen es zwei weißbrüstige Bussarde nach, die viel schleuniger und eleganter schweben. Doch längst nicht so hoch steigen und sich wohl nicht soviel zu erzählen haben.

Eine brutalere Zerstörung der Landschaft, als sie mit Windkrafträdern zu spicken und zu verriegeln, hat zuvor keine Phase der Industrialisierung verursacht. Es ist die Auslöschung aller Dichter-Blicke der deutschen Literatur von Hölderlin bis Bobrowski.

Eine schonungslosere Ausbeute der Natur läßt sich kaum denken, sie vernichtet nicht nur Lebens-, sondern auch tiefreichende Erinnerungsräume. Dem geht allerdings voraus, daß für die kulturelle Landschaft allgemein kaum noch ein Empfinden lebendig ist. So verbindet sich das sinnliche Barbarentum der Energieökologen dem des Massentourismus.

Die meisten Reisenden an einem Werktag, die in Flughäfen warten, sind Alleinreisende, die keine Gespräche miteinander führen. Ihre Isolation ist jedoch nur eine Art vorgeschütztes Fremdeln, eine dünne und wertlose Einsamkeit, die ein beliebiger Handyanruf sogleich verscheucht. Sie erfüllen die Weile nicht, da sie außerhalb ihrer Betriebsamkeit, ihrer gewöhnlichen Handlungssphäre nur armselige Statisten der Stille sind. Die Zeit, da sie verweilen müssen, bereitet ihnen Unbehagen. Sie sind verschlossen und geschlossener als sonst, ohne dafür ein Talent zu besitzen, während unsereins gerade im Zustand der Isolation und im Rahmen der Weile besonders empfänglich lebt und lose verbunden mit allen ringsum. Isolation ist wohl auch die einzige Gestimmtheit, in der ich Nähe zu meinem Nächsten, ja mitunter sogar eine mystische Verschmelzung mit ihm erfahre.

Was uns verführt, ist der Mensch in der Weile, nicht im Geschehen. Das Geschehen macht ihn opak, die Weile durchsichtig.

Das Handy hat das Problem der Abwesenheit nicht verändert, aber völlig neu inszeniert. Ich spreche nicht mehr allein mit dem Abwesenden, sondern exhibitioniere mich in meiner Tele-Intimität vor anderen. Privatheit und Diskretion gehören seit langem nicht mehr zum erotischen Kanon. Denn alle Lust will Öffentlichkeit …

Die knallige Maske des Goldfasans, der jeden Nachmittag über meine Wiese stolziert und plötzlich voranschießt, ohne daß ihn irgendwas gejagt oder gestört haben könnte. Rote Augenumrandungen, grünblauer Hals, elfenbeinfarbener Krummschnabel, weißes Halsband. Einer, der gerade den Maskenball der Natur anführt. Dazu der Quäk-Qietsch- oder Kräh-Krächz-Schrei dieses Tiers, kein heiserer Schrei etwa, sondern ein Ziehen an überstrapazierten Stimmbändern. Ein Laut wie von kleinen Papiertrompeten, die sich aufrollen, wenn man hineinbläst.

Ende des obszönen Zynismus auch bei den hübschen Modepuppen, Ende des billigen Augenzwinkerns, das bis vor kurzem das Gewicht des Blicks ironisierte. Wenn sich die Lider nun unverspielt öffnen und das Schauen seine alte Macht behauptet … Aber, was war das? Lauter Olimpias hielt man beim Tanzen umschlungen, die, wenn sie angesprochen, gar angehimmelt wurden, immer nur denselben Dreifachseufzer von sich gaben: Ach-ach-ach! Nur das konnten sie sagen, mißglückt Geklonte, dafür mußte man sie halten.

Soweit war es schon abschreckend und ärgerlich genug. Aber unheimlich würde uns erst, wenn es sich umgekehrt verhielte: die naturwüchsig Dreifachseufzende, die mit einer so rätselhaften Dummheit begabt ist, daß niemand daran zweifelt, es mit einer mißglückt Geklonten, einer fühllosen Puppe zu tun zu haben. Und jeder macht sich über ihren Kopierfehler, die Sprachknappheit, lustig. Jeder verkennt, daß ihre Augen nicht *feuchte Mondstrahlen* versenden, sondern, wie ein Rauchermund, fahle Ringe der Traurigkeit absetzen. Sogar zu einem scheuen Beiseiteblicken sind diese Augen fähig, sobald jemand sie falsch anspricht. Und Scham wäre doch wohl das letzte, was man an einem fühllosen Imitat bemerken dürfte. Aber offenkundig ist die Mimik der Scham für niemanden mehr lesbar. Sie ist wunderschön, kann aber nicht mehr als Ach-ach-ach! sagen. Dabei hätte ein aufmerksamer, weniger an den Umgang mit Geklonten gewöhnter Mann leicht feststellen können, daß sie stockte beim zweiten Ach! und gegen ihre Beschränkung wie gegen einen dumpfen Bann innerlich anwollte. Er hätte gewiß mit der Zeit herausgefunden, daß ihre Einsilbigkeit sozusagen nicht auf eigenem Mist gewachsen war. Vielmehr hatte sich von den geklonten Hübschen, die es ja tatsächlich gab, der böse Zauber, der ihre Herstellung begleitete, losgemacht und wie eine epidemische Erkrankung unter den natürlichen Hübschen verbreitet. Er hatte die herkömmlich Geborenen und Differenzierten mit der Dürftigkeit der Gedoppelten angesteckt.

Ich sehe nichts, wogegen ich mich abgrenzen könnte. Ich genieße jedes Urteil, jede fremde Meinung, ich genieße, was mir früher das widrigste war, wogegen ich mein *eigenes Profil* erhob. Mein Profil zu erheben, es würde mir heute unendliche Mühe, sogar Schmerz bereiten. Das meiste, das sich mir aufdrängt, an Geschehnissen, Kunst, Menschen und Ratschlägen, bleibt mir fremd, jede Meinung ist mir fremd, doch ich genieße sie. Ich wüßte nicht, woran ich nicht beteiligt wäre.

Ich hatte immer großen Respekt vor dem Allgemeinen und suchte mich seiner in unzähligen Mystifikationen zu vergewissern. Was alle angeht, ist die Droge des Einsamen. Ist der Stoff für sein Aufmerken und sein Ahnen. Sein sinnliches Ende wäre der Verlust des Allgemeinen an ein Wabengebilde aus Sekten und Sektionen. Das Ganze, von Minoritäten-Bienen in ein Vielgespaltenes umgesetzt – man verzeihe, wenn hier etwas dem Nutzen Abträgliches mit dem Bild des heilig nutzbringenden Bienenkorbs ausgedrückt wird. Sekten untereinander besitzen keine zelluläre Durchlässigkeit. Sie sind eben etwas, das dem Organismus abgetrennt anhängt. Sie gleichen den Abszessen und Zysten. Auch sie wollen sich ausbreiten und an Macht gewinnen und können doch den sie ernährenden Körper nicht überleben.

»Ich komme nicht mehr zur Besinnung!« ruft jemand mir zu im Vorübergehen. Und ich finde aus meiner Besinnung nicht mehr heraus.

Er ist wie das Hinkel oder der Fasan, die plötzlich vorstoßen, vorwärtsschnellen wie gejagt, aber ohne äußeren Anlaß, ohne Warnung oder Reizung, als spielte ihnen die Erinnerung an eine Gefahr einen Streich, irgendein Ausstoß der inneren Chemie, kurze Probe des varianten Laufens. Zucken, um die Wachsamkeit zu trainieren. Ja, wir üben das Zucken, wir zucken gekonnt, lange bevor uns irgend etwas zusammenzucken läßt.

Die kollektive Konsensitivität, also die gesellschaftlichen Übereinstimmungen, die keine Normen berühren und alles umfassen, was den Rahmen nicht sprengt an Tönen, Meinungen, Stimmungen, Redestilen und öffentlich Diskutablem überhaupt, ist für den, der die Sensitivität ohne *Kon* erträgt, die eigentliche Materie seines Interesses. Eifersüchtig verzeichnet er jeden Windstrich Abweichung vom Allgemeinen, seinem bewunderten Gegenüber, das er wie einen einzigen Menschen möchte umgreifen können.

Oder wie der Altvater Euagrios Pontikos, Asket in der Nitrischen Wüste, uns wissen läßt: Getrennt von allen, vereint mit allen.

Mit dem Reflexions- oder Selbstbewußtsein hat die Geschichte der Arten bekanntlich eine Stufe jenseits der biologischen Evolution erreicht. Und darin, in seiner Ichheit, ist wiederum ein unentwegter Aufstieg, die *anagogische* Begabung des Menschen angelegt, falls wir diesen Begriff aus der Lehre der Kirchenväter einmal hierher verschleppen dürfen. Sie hatten vier Bedeutungsebenen der Heiligen Schrift unterschieden und deren letzte eben den hinaufführenden Sinn genannt. Der hinaufführende Sinn nimmt nicht nur an allen unseren fünf Sinnen teil, an allem was erschüttert, beglückt, betört, sondern er beginnt bereits mit der einzigartigen Fähigkeit des Menschen, sich selbst zu denken, zu glauben, zu hoffen, also mit Zukunft zu rechnen und mit der Gewißheit des Todes. Mehr als Selbstbewußtsein wird auch die nachmenschliche Züchtung nicht erlangen. Solange ein Wesen über Selbstbewußtsein verfügt, wird in seinem Denken sein Glaube verwurzelt sein. Und es wird beide nicht voneinander isolieren können. Es ist ihm unmöglich, seinen Glauben zu denken. Es ist ihm ebenso unmöglich, an sein Denken zu glauben. Insofern ist es undenkbar, nicht zu glauben. Wenn mein Denken unentwegter Aufstieg, hinaufführender Sinn ist, dann wirkt darauf mein Glaube ein. Lediglich kann eine Begabung gegen die andere verkümmern oder zeitweilig verstummen.

Wenn man des Karfreitagsterbens gedenkt an einem ersten warmen Frühlingstag, darin im Innersten der Vorhangriß ... Das Reißen entzwei. Tuch Vorhang Kleid Wand. Die Speisen veränderten ihren Geschmack. Sein Tod wurde von den Jüngern vorausgeschmeckt. Finsternis, doch das zarte Neugrün steht auf der Schädelstätte, der Schlehen Bitterweiß. Das Wissen-wie's-war und das Wissen-wie's-ist sind gleich. Unser Geist kann nur aus reiner Gegenwart, aus Da! bestehen. Jede Erinnerung ist jetzt-generiert. An einem solchen Tag erscheint jede, auch die höchste Anstrengung des Menschen als Kinderei. Kinderei als anthropologische Resultante.

Ich habe mir gemerkt, wie Thomas Hardy in seinem Nachruf Swinburne nannte: »Der Wellen Rivale und Geselle in seinen traurigen Improvisationen.« Nicht wahr, die Wellen, was tun sie anderes als unendlich zu improvisieren, die große Komposition bleibt ihnen versagt, befangen bleiben sie im unverfälschten und ewigen Nachhall der Schöpfung. Erst in den Kalklamellen der Austernschale sind sie zur Ruhe gekommen.

Die sozialen Erwartungsbilder laufen sicher nicht mehr auf eine dirigistische Ordnung höheren Grads oder eine brave new world hinaus. Eher auf einen geschwulstartigen Sonderheiten-Cluster, der von Chaos-Schwingungen und erhöhten Risiken ebenso bedroht wie am Leben erhalten wird. Das Teratom der vielen kleinen Welten, Abkömmlinge der alten Vielfalt, mag auch für den Poeten eine attraktive reservieren: Zufluchts-, Pflanzstätte des Symbolischen. Reich des inkompatibel Schönen. Irgendeine andere Zuflucht für jeden anderen. Die Gebilde lösen und festigen sich. Solve et coagula, nach bekanntem alchemistischen Rezept. Auch ein soziobiologisches Programm, das zwischen Natur und Geist vermittelt.

Es ist kaum möglich, sich das ganze Ausmaß an Künstlichkeit vorzustellen, in die »der alte Adam« Zug um Zug entlassen wird. Eine Utopie bildet sich indes nicht mehr aus Vorstellungswelten, eine Utopie wäre es vielmehr, all das Neue, das diesem Adam die Wesensart zu rauben droht, verkraften zu können und dabei gegen alle Anfechtungen dennoch der Alte zu bleiben. Im Gegebenen liegt genügend Vorstellungswelt. Also richtet sich das Bedürfnis nicht nach mehr Vorstellungskraft, sondern nach größerer Verkraftenskraft.

Die Welt, der ich nicht mehr angehören werde, ist noch nicht etabliert, und schon kommen einem Leute in die Quere, die sich darin bereits eingerichtet haben. Der Gast aus der Zukunft bewegt sich *kognitionsbewußt* in allen äußeren Verhältnissen und Verbindungen. Er lacht nur über den technischen Behelf eines Mobilfunkgeräts. Bei ihm zu Hause im Morgen wird viel geschwiegen, man tauscht sich präzis von Sprachzentrum zu Sprachzentrum aus, ohne mündliche Verlautbarung. Doch auch die neue Luft, die man erfunden hat, überträgt den Schall der nackten Stimme weiter als jede elektromagnetische Welle. Sie ermöglicht noch über große Entfernungen sehr intime akustische Verhältnisse.

Man versucht sich heute schon an einem Denken, das eher einer Nachahmung der gehirnphysiologischen Vorgänge beim Denken gleicht als einer herkömmlichen Art des Philosophierens. Man denkt mithin dendriten-, synapsen*bewußt*. In unkontrollierbaren Substanzentladungen und wildverzweigten Kontaktläufen.

Es gibt ein Stadium der Relativierung aller moralischen Urteile, in dem man nur noch von der Rohheit der Entscheidung träumt. Von nichts anderem mehr als dem Tag, da der undurchdringliche Filz wie der Vorhang des Tempels jäh zerreißen wird.

Statt sich auf dem Weg raffinierter Mittelbarkeiten und Reflexionen immer weiter von einem offensichtlichen Übel zu entfernen, sollte man einmal in seinem persönlichen moralischen Labor den Judaskuß, der in verschleierter, verfeinerter, abkömmlicher und angedeuteter Form bei tausend Berührungen und Kontakten immer noch gegeben wird, in seiner ursprünglichen katastrophalen Schlechtigkeit isolieren und wiederherstellen, und sei es nur, um mit diesem Experiment das eigene moralische Vermögen zu prüfen.

Allein die vielen Verbrechen der Intimität, die ungesühnt bleiben!

Die vielen trostlosen Falschheiten und Täuschungen des Zusammenlebens, die Verschlagenheiten der Liebe,

Gemeinheiten und Verletzungen oft, die in jedem anderen sozialen Bereich undenkbar wären ... Ist denn Intimität kein sozialer Bereich? Ich sehe Schuld und Übeltat, doch die Verhältnisse soufflieren mir etwas von Wechselseitigkeit, schwieriger Kindheit, Schwäche der Lebensführung, mangelndem Schuldbewußtsein, Launen und verlorener Beherrschung. Die Verhältnisse plädieren für Verzeihen, wo ich nur Unverzeihliches erkennen kann. Für mich sind die Verbrechen des Gefühls nicht entschuldbar aus übergeordneten sozialen oder psychologischen Gesichtspunkten. Ich bedaure, daß es in der zivilisierten Welt keine Instanz der Gerechtigkeit gibt, die sie ahndet. Nur uns gibt es. Den kleinen unabhängigen Bund der erotischen Rigoristen, eine auf Dantes *fedeli d'amore* zurückgehende schlagkräftige Vereinigung, die schon so manches schlimme Intimvergehen aufspürte und die Schuldigen zur Rechenschaft zog. Auch im dunkelsten verborgensten Winkel einer »Privatangelegenheit« finden wir euch! Wir entdecken jeden und werden ihn der Kälte, der Feigheit, des Betrugs oder der Infamie überführen. Und anschließend für die angemessene Vergeltung sorgen!

Ich hörte das bedrohliche Knistern hoch oben im Wipfel einer kranken Rotbuche, und dann den Bruch, das Niedersausen eines toten Arms, dessen Sturzbahn ich verfolgte, als ich mich entschloß stehenzubleiben, mich nicht vom Fleck zu rühren, vielleicht in der Hoffnung, das mächtige Stück Holz, das mich erschlagen würde, könnte im letzten Moment von anderen Ästen nach da oder dorthin abgelenkt werden. Ich rief meinem Begleiter zu, sich nicht dem Baum, »meinem« Baum zu nähern. Der ich die hoch- und glattstämmigen Bäume über alles liebe und gerade diesen oft genug im Arm hatte, sollte nun von seinem toten Arm getroffen werden. Gegenliebe!

Wenn wir heute eine Schwarzpappel fällen, um an ihrer Stelle einen Schuppen zu bauen, wird uns das Umweltamt eine Strafzahlung von mindestens tausend Euro auferlegen, und außerdem müssen wir zehn neue Schwarzpappeln pflanzen. Das ist: weil wir keinen Frevel begingen, sondern nur eine Kulturlandschaftswidrigkeit. Anders Erysichthon, der tatsächlich diesen Frevel beging und im Hain der Demeter holzte. Die Göttin bestrafte ihn dafür mit Unersättlichkeit. Er fraß sofort sämtliche Vorräte auf. Er verkaufte täglich seine Tochter Mestra, eine zauberkundige Frau, eine verwandlungsstarke. Er verkaufte sie als Pferd, Rind oder Hirsch, und abends wurde sie wieder Mestra. Der Hunger aber war bei ihm so groß, daß sein Leib Raum für einen weiteren Leib hatte, schöner gesagt: der Hunger »flößt seine Leere ihm tief in das hohle Geäder« (Ovid, Met., 8,744). Erysichthon also frißt sich schließlich selber auf. Ökologische Lehrfabel.

Meinungen treten immer in Chören auf, und wenn sich ihre einzelnen Vertreter noch so solistisch gebärden, sie bleiben dennoch verstreute Choristen.

Entstehungs- und Bewegungsgesetz kollektiver Übereinkünfte sind, anders als die Legende von der Meinungsvielfalt, in der Tat eine höhere Hervorbringung der demokratischen »Evolution«.

Da wir aufgehört haben, Epoche oder Stilepoche zu bestimmen, spricht man schnell von Synkretismus, Beliebigkeit und Durcheinander. Vielleicht kommt aber der natürliche Artenreichtum des Geistes (nicht zu verwechseln mit besagter »Meinungsvielfalt«) gegenwärtig üppig und ungeschönt wie selten zum Vorschein. Er läßt sich nicht an tendenzielle Normen binden, wie es die klassische Beschreibung geschichtlicher Perioden versuchte, vor allem solcher mit erklärtem metaphysischen, nationalen oder utopischen Ziel. Die Evolution hat bekanntlich kein rational erkennbares Ziel – und alles, was wir empfinden und erkennen, träumen, zeichnen und lesen, hat ebenfalls kein Ziel. Es unterliegt einzig dem Gesetz der Ausbreitung und Differenzierung. Insofern ist es darauf angelegt, auf nichts hinauszulaufen.

Überzeugungen, Theoreme, Vorgefaßtes sind für die Beweglichkeit einer Kultur ganz unerläßlich. Man kann sogar sagen, daß hartnäckigen Vorurteilen des Geschmacks oder der Gesinnung sich mehr große Kunstwerke verdanken als der reinen Liebe zur Kunst.

Die Sehnsucht nach der Geburt einer großen Figur ist etwas, das dem alten, dem uralten Theater zugehört, das heute niemand mehr beherrscht oder bedienen kann. Übrigens schon deshalb nicht, weil er uralt für eine negative Steigerung von alt hält im Sinne von »gestrig«. Uralt indessen ist ursprünglich und ursprünglich ist immer.

Einem Regisseur oder Schauspieler, der sich »mit niemandem identifizieren kann«, bleibt Hamlet so fern und so unerreichbar wie Brot und Wein.

In einem Antiquariatskatalog findet sich zur Erläuterung von Rivarols bescheidener Editionsgeschichte in Deutschland die Anmerkung, daß er eben (als Royalist) *auf der falschen Seite* gestanden habe. Ob es in der Literaturgeschichte ewig die gleiche falsche Seite gibt? In einer Demokratie wird man einen rechtsstehenden Autor immer verleumden oder sogar geistig vernichten. Er ist ihrem Literaturverständnis das einzig wesensfremde Element. Anders als der Maniak oder Anarchist, der böse Bub, der immer noch zur Familie gehört.

Es kann in ihr nur ein vielgestuftes, skrupulöses linkes Gewissen geben. Alles Rechte hat seinen Ursprung im Unpolitischen. Der Rechte mißtraut der politischen Rechten und verabscheut den Rechtsradikalen. Wie er eben nichts stärker meidet als die Verkehrung. Solange jedenfalls, als er nicht durch die unzähligen Verkehrungen, die heute zum Normalen und Richtigen zählen, selber abstumpft gegen dieses Treiben samt seinen Verkörperungen.

Anhänger der Gegenrevolution, der Gegenreformation, der Gegenkommunikation ... Genealogie von Überträgern, die aus dem Rücken leben, aus dem Rücken vorausschauen – und sich irren wie alle anderen.

Derselbe Fluß, in den man nicht zweimal steigen kann, hat gleichwohl seine Aufenthalte. Strudel und zögernde Kreisel, in denen Trümmer und mitgerissene Güter früherer Zeiten sich länger drehen. Im Chaosauge einer Strömung beschleunigt sich der Fluß und wiederholt sich auch.

Man möchte einem Kind unserer modernen Klugheit begegnen, das am Ende der langen Straße auftaucht, vom Ende all der hochentwickelten Erwägungen her sich nähert, um uns leise zu widersprechen. Uns auf *einen gravierenden Anfangsfehler* aufmerksam zu machen. Ein Kind, wahrhaftig keine Kopfgeburt, sondern aus den schönsten Umarmungen unseres Wissens und unserer Unwissenheit entsprossen, ein hübscher *erdgebundener Knabe*.

Jede Abweichung lebt vom Unabweichlichen.

Man hat das Dogma zerstört, um den Abweichlern keine Chance zu geben. Sie fühlen sich nun jeder hoch und groß: aufwärts im Funkenstieben. Jeder hält sich für einen größeren Partikel als der andere, und jeder stammt wohl von dem Glutkern selbst – und ist doch gleich erloschen.

Die offene Kirche am späten Vormittag war der geeignete Ort, sich einzustellen auf das Schweigen der Sphären. Nicht ganz einsam zu schweigen.

Schweige-Zonen unter Menschen gibt es nur unter denen, die einander befremden. Sie gleichen den Raucher-Zonen, abseits von Gesundheit und Redseligkeit. Dasitzen, rauchen und schweigen.

In der Weitwinkel-Sprache der Zukunftsdesigner klingt es etwa so: kulturelle Ressourcen bieten saubere Energie und sind prinzipiell unerschöpflich (Jeremy Rifkins). Niemand käme auf die Idee, daß eine Kultur, die solche Töne spuckt, sich bereits erledigt hat.

Kultur ist weltweiter Zugriff auf dieselbe. Access auf Kleist Städtebau Ontologie Kirchenlehre Rhetorik

Haydn Linné. Kultur ist nichts als Kommunikation. Kommunikation ist Vergnügen. Arbeit ist Reden. Reden ist leicht.

Es mögen diese Berechnungen und Berichte, all diese Schnelldenker-Weisheiten zur Lage des globalen Menschen, durchaus originell sein – weshalb bloß bedient man sich noch der Sprache als groben Behelfs, weshalb wird geschrieben wie schlecht getalkt? Die nichtssagende Sprache befindet sich zum Abenteuer der Thesen in einem krassen Mißverhältnis. Darin schlummert möglicherweise eine Zukunft, von der die eifrigen Prognosen nichts ahnen.

Diejenigen, die politische Macht haben, besitzen weder andere Sitten noch Ideen oder Gebärden als jene, die sie dazu legitimieren. Sie könnten weder einen Stil kreieren noch einen Ton angeben in der Kultur, wie es doch zur Macht gehört, daß die Menge etwas zum Nachahmen an ihr findet. Es gibt einen Systembruch zwischen Demokratie und Massendemokratie. Und dieser verläuft jenseits der Verfassung ausschließlich im Kulturellen. Das Tonangebende zieht hier mit dem Populären gleich. Das Populäre wiederum pflegt die Idolatrie des Außenseiters, und man kreiert für die Massen die Außenseiter-Konfektion. Gleichzeitig kennt die totale Öffentlichkeit keinen Außenseiter mehr. Sie ist unüberschreitbar und allgegenwärtig. Und unausgesetzt damit beschäftigt, aus jedem größeren Belang den seit Menschengedenken dünnsten aller breitgetretenen Quarke herzustellen.

So durchlässig die Menschen einer zum anderen, nur noch die feinste Membrane, die zitternde Trennhaut, so zellbündig verwachsen beinah, daß ein einziger Schrei von draußen den ganzen großen Schlafsaal aufschreckt. Das gemeinsame Schicksal eines Volks, verfeinert und verflüchtigt zu kollektiver Sensibilität: es genügt die Fernsehnachricht, daß fünfundachtzig Prozent des deutschen Nordseefischs mit Maden bestückt seien, und zwanzig Millionen wie ein Mann rücken ab vom Fisch.

Alle Lust will Öffentlichkeit. Die sexuellen Propaganda-Umzüge werben mit einem etwas zopfigen Outfit des Lasters, während sie doch das ganz gewöhnliche Laster sozialer Ansprüche verfolgen. Der Syndikalismus libidinöser Vorlieben. Ihre Forderungen nach Recht und Billigkeit richten sich weniger gegen ein paar verstockte Puritaner, die heute eher die schützenswerte Minderheit abgäben, als vielmehr an den Staat, den letzten ideellen Gesamtkleinbürger. Die Straße lebt, das Zimmer stirbt. Raffinement und Ritual, die im Verborgenen einmal reich gewesen sind, läßt der Verband der Bekennenden zu numerierten GV-Praktiken verkümmern. Da bleibt als Letztes nur dies Reizgemisch aus Exhibition und stinknormalem Bürgerprotest. Es wird wohl oder übel auf eine Form von sexuellem Kitsch hinauslaufen.

Wär's dir also lieber, eine uniformierte Schar zöge unter deinem Fenster vorbei, gestiefelt und behelmt? Schlechte Frage, schlechte Bezugsgröße. Aber bleiben wir ironisch und sagen: Meinem Zimmer als Lust- und Lebensraum würde damit ein beträchtlicher Aufschwung gewährt. Dem Karneval des Sozialen bleibe ich verbunden, bin unweigerlich ein Teil von ihm, die formierte Schar hingegen hat mich nicht und ich sie nicht in mir. Ich wäre meines Unbeteiligtseins ganz sicher. Der Karneval bietet alle erdenklichen Freiheiten und verhindert lediglich die eine: jemals befreit von ihm zu sein.

Massengesellschaften tragen Massen über alles hinweg. Innergesellschaftlicher Wille ist magmatischer Wille. Ein glühender Brei. Hoch explosiv, wenn man ihn einschränkt. Verglichen damit ist elitärer, individueller Wille ein Luftgeist.

Aber was gewöhnlich nach außen in Erscheinung tritt, sind bloß diese Lebensfunzeln, diese Trottel des Wohlergehens, diese Kleinstdarsteller des Menschlichen. Ehrfurcht vor höheren Mächten ihnen einzuflößen ist ebenso, als wollte man sie mit Donner und Blitz einschüchtern. Allein die »religiös Musikalischen« (Max Weber) sind es, die die Zeichen der Zerstörung lesen. Nicht wo Gefahr droht, sondern wo vollzogene Zerstörung überhaupt erst entziffert werden kann, wächst auch das Rettende.

E*man*zipationsgeschichte: das ist die Hand, die sich aus dem Pakt löst, die befreite, eigene, selbstbestimmte Hand, die lose Hand, die man unbedenklich weitergab, die Hand, die vom Werkzeug ließ, die linkisch wurde und unbeholfen, um am Ende von der Maschine »bei der Hand« genommen zu werden.

»Dreh dich um
Schau weniger voraus«,
heißt es in dem Gedicht »Torna Zeffiro« von Gunnar Ekelöf.

»Dreh dich um, sieh zurück:
Du wirst den Frühling finden der bleibt.«

Die Dichter sind da, um dir zu helfen, dich umzudrehen. Was ziemlich ungewohnt ist für einen zielstrebigen Mann. Was er gleichwohl lernen sollte. (Obschon es da auch berühmte Verbote gibt!) Damit er, wenn er zurückblickt, etwas sieht, das ihn verjüngt.

Es kam ein Herzblutzischen aus der alten Rotbuche in meinem Wald. Als ich es hörte, den dumpfen Wälzschlag, wie man ihn aus hundert Filmen als akustisch vergrößertes Zeichen kennt, da war es schon wieder vorbei. Mag sein, daß sie auch nur das meine widertönte, aus ihrem hohlen Alter heraus. So necken die Bäume uns Niedliche und Kurzlebige mit Herzwiderhall.

In einem kompetitiven System geht es nur noch um die Nasenlänge, die einer dem anderen voraus ist. Ich erinnere mich, daß ich in einem antagonistischen aufwuchs. Aber inzwischen gehört der Antagonismus zum neuen Altertum der westlichen Welt.

Der Auswuchs an systemabhängiger Intelligenz. Alle Phantasie, alle Ideen, alle Figuration wandern durch den IT-Bereich. Die damit aufwachsen, sind atemberaubende Virtuosen der Flächen und verstümmelte Sprach- und Erosmenschen. Sie werden keines unserer alten Bilder empfangen, ohne sie vorher mit speziellen Programmen zu bearbeiten. Das Neue sitzt fest im Sattel, weil es das entschieden *Rücksichts*lose ist. Es hat auch meinen Nerv für alte Dinge angegriffen. Ich will nicht so sein wie sie, aber nun auch wie ich nicht länger.

Die Intelligenz als Widersacher des Geistes. Ich hätte nie geglaubt, daß Intelligenz einmal auf der anderen Seite stünde … *Intellectus* war einmal Geist und *ratio* war Verstand. Was haben aber die Intellektuellen aus dem Geist gemacht? Einen ahnungslosen Verstand. Dabei kommt eine tiefere Bedeutung des (oft zum Spott benutzten) Ausdrucks sacrificium intellectus in Frage. Dies Opfer *muß* von Zeit zu Zeit erbracht werden, mit all den Risiken, die dazugehören.

Ich sah diesen hageren alten Mann, der beständig seine abrutschenden Jeans zurück auf die Hüfte zog, im offenen Karo-Hemd, den erfolglosen Bildhauer, muskulöser Männerleib eines Fünfundsechzigjährigen. Ich seufzte tief, ich seufzte gleichsam diesen Mann in mich hinein. Nichts anderes zu sein als der Ausdauernde! Jemand, der seinen Gang geht, seine Hose hochzieht und nichts mehr zu erwarten hat, keine junge Liebe, keinen Wechsel seines Künstlerschicksals. Aber die Bescheidenheit, die er ausstrahlte! Fast eine Glorie, so ganz mit sich übereingekommen zu sein.

Da wies er hinüber zu einer gelbschwarzen Reisekutsche, die nach einer höllischen Tour endlich in »unseren Tagen« angekommen war, zum Stillstand, und sofort zerbrach. Erst löste sich das Geschirr und die Leinen fielen herab, die Pferde brachen leblos ins Knie, das ganze Gefährt kippte vornüber, und es krachte die Deichsel, der Kutscher rollte zu Boden und starb, der »Fahrgastraum«, so hieß er nun, zerfiel sofort in einzelne Bretter, die Bretter lösten sich in Späne und Splitter, mürbe und morsch knickten die Räder, und aus dem Inneren sanken von den Bänken, als sie brachen, die Skelette der Kutschierten. Welche Dauer überstand das zeitendurchquerende Fahrzeug, um dann, am Ziel angekommen, hier und heute, augenblicklich, modrig zerstiebend, zu vergehen?

So ganz allein in dieser Wartehallenwelt, alle Flugzeuge aufgestiegen, für immer weg, und eine Plastikflasche mit halbgeleerter Orangeade blieb auf der Ablage neben dem Kunstledersofa stehen. Ein paar Saubermacher ziehen ab, im Geschenkeshop werden die Lücken im Regal geschlossen. Dann die Glastür, und das Innenlicht erlischt. Noch ein Mensch vom Personal verschwindet. Von hinten ein krummbeiniges Fräulein im beigen Dress. So ganz allein. Nicht mitgenommen. Deshalb nicht unbedingt am falschen Platz. Denn nun beginnt die Stunde heimlicher Revuen, Zauberreigen und langer Revenants-Paraden.

Nichts mehr zu erwarten. Träume von der Zeit, da manches wider Erwarten geschah.

Das Gestaltlose ist das Hintergrundgrauen in den Formen der Welt. Es bedroht den ordnenden Menschen manchmal im Traum oder in der Todesfurcht. Die elektronische Optik erkennt noch Gestalt weit hinter der Linie, wo sie dem ungerüsteten Auge entschwand. Wir brauchen Gestalt auch als Grenze zum Unsichtbaren, ja wir nehmen sogar als *Grund vor allem und für allen Anfang* eine Gestalt an: in den kräftelosen Ur-Symmetrien vor Entstehung der Welt. Seitdem ruht nur Gott unumgrenzt im Gestaltlosen. Auch darin fürchten wir Ihn.

Ein Pessimist, der nicht trunken, ein Hoffnungsprediger, der nicht bitter ist, verdient unsere Verachtung, schreibt Cioran. Seit längerem ist er der einzige, bei dem ich in Herzensfragen des Geistes Rat suche. Stil und Inbrunst sind hier eins wie bei keinem. Gedanken wie Engelsstürze. Und gerade sie erfüllt ein hinaufführender (anagogischer) Sinn. Die Sprache der vollkommenen Desillusion bleibt doch *als Sprache* die schönste Illusion und erhebt sich zu einer dichtungsskeptischen Dichtung.

Die kompromißlose *Inanspruchnahme* durch einen Autor, so wie kein Mensch im persönlichen Umgang sie mir abverlangt, ist für mich der ausschlaggebende Lesegrund. Gebt mir einen Stilisten – und ich verstehe die Welt!

Das Schlimmste an der Rückständigkeit sogenannter Entwicklungsländer ist die Intelligenz der andern, die sich über sie hermacht. Die ihr nichts Besseres bringen und preisen will als Liberalisierung und westliche Bürger-Freiheiten, deren faule Früchte man bei uns nur zu gern aus der Schürze schütteln möchte.

Der Liberale hat den Christen in seinem Missionseifer beerbt. So wie dieser seine Offenbarungstheologie zurecht für die Endstufe alles Religiösen hält, so propagiert der Liberale die Segnungen der Demokratie als das »katholische« Bekenntnis schlechthin, gültig für alle Welt.

Der terreur des mœurs islamistischer Kreise verschärft sich in dem Bewußtsein, daß jeder westliche Keim sogleich den *ganzen* Westen hereinholen würde, dieser sich im Gierschritt, im Zeitraffer ausbreiten und dabei seine tiefsten menschlichen Niedrigkeiten entfalten würde.

Selten ist ein Mensch ein Abgrund, in den hinabzuschauen Schwindel erregt. Die meisten leben in der Ebene und sind selbst recht eben. Dafür haben oder bekommen sie hier und da ein paar Risse. Oder ein seltsames Zucken huscht über ihre Fläche.

Welche Bild-Prägung ersetzt das *Labyrinth*, das System der Irrgänge, als Daseinsmetapher? Wir leben nicht in einem Gebilde, für das die Konstruktion des Dädalus ein geeignetes Sinnbild abgäbe. Aber es läßt sich nicht sagen, worin wir leben, sobald wir nach einem treffenden Bild suchen. Ist es das weltvorspiegelnde Holodrom, die universale Playstation? Ist es das Netz, oder gar das Netz der Netze, der Neokortex selbst, in dem wir leben? Worin, verdammt, leben wir also?

Weshalb schreibt Jesus Christus in den Sand, bevor er sagt: Wer von euch frei ist von Sünde, der werfe den ersten Stein? Weil alles Schreiben in den Sand geschrieben ist.

Digging Billie. Ihre Heraufrufübungen vor Mitternacht. Im Halbschlaf auf der Lauer nach fernem Klang. Diktionen, Tropen, Schleier, die man nicht mehr benutzt. Worte klauben. Mit spitzen Fingern knaupeln an krustigen Altsprachresten. Die ganze Nacht durchkämmen, nicht nachlassen beim Sondern und Isolieren. Und ist's nicht gescheffelt, so ist's doch gelöffelt. Von hier aus aufwärts.

Die vom Niederschreiben Aufblickende mit ihren zündelroten Lidern, dem breiten Schädel, der hohen Stirn, dem flachgewellten Haar. Doch beim Aufblick zergeht jedesmal ihr Gesicht, die Haut verfällt zu schwarzer löchriger Masse. Es gibt Stellen, an denen blutlos ihr

Skelett hervortritt. Das Wangenfleisch verfault wie in einem Schwelbrand, der von einem einzigen nekrotischen Fleck auf der Schläfe um sich greift. Sobald sie wieder unter sich blickt, auf ihr Papier, erneuert sich ebenso rasch ihre Gesichtshaut.

In dieser Stunde wird ihr, der Untenstehenden, alles, was nicht mit ihr tief unten ist, zum Pandämonium, zur schlimmsten Versuchung. Prächtigkeit und falsche Fülle: Frauen und Kinder, Wissenschaft und Künste, Geld und Macht, Maschinen, Netze und Lebensstile, Epochen und Ethnien. Und der ganze Reigen ihrer nächtlichen Verlockungen entsteigt diesem Buch, das sie umschreibt. Es hieß einmal: *Die Versuchung des heiligen Antonius.* Das Buch, das sie heimsucht, besetzt, nachfolgebesessen macht. Sie glaubt, wenn sie dies Buch überwindet oder endlich von sich abwendet, diesen Höllentanz, diese Exuberanz der Großen Bibliothek, dann wäre sie gereinigt und stünde gefestigt vor Gott – vor dem Abgrund in Weiß, dem unberührten Papier.

Abends, um die Grenzlinie der Wipfel ein Schein von zärtlichstem Weltenbrand. So ginge wohl die Welt zu Ende, das Feuer wär ganz mild. Der Abbruch leuchtet, hinter dem Wald hat die große Sonne ein Stück Erde abgebissen. Kein Rauch, kein schwarzes Gewölk, nur reine goldrote Schmelze, wie alte Meister die himmlische Verheißung malten.

Längst hat die Welt jeden Sinn für die Welt angenommen und agiert ihn aus. Sie verhält sich wie früher ihre Betrachter und Erwäger. Sie bewegt sich aus gewaltigen Reflexionsenergien, ihr ganzes Geschehen wird angetrieben von einem undifferenzierten magmahaften Meinungswalten.

Je länger man in seinem »Kulturkreis« umläuft, desto weniger glaubt man an irgendeine Kreisform. Schon gar nicht an eine Wiederkehr des Gleichen nach mythischem Schema. Immer illusionsloser erkennt man den unumkehrbaren Verlauf der Verluste. Aus reiner Neugierde geht man mit in den Übergang, durchschreitet die Illusionsschleuse, betritt die enge Höhle der universellen Künstlichkeit, wo die Schatten der Schatten endlos spielen. Es läßt sich natürlich jedem Spuk und jedem Spaß das Suffix *-kultur* anhängen. Darin erschöpft sich zur Zeit unser »Kulturkreis«. Es anders zu sehen, der Wiederkehr zu trauen, verdankt sich höchstens der Verklärung der Ausnahme. Oder einem Denken, das nur zum Trost gedacht wird. Sonst gibt's da nur Geschichte und nichts als Geschichte.

Der artifizielle Mensch hat die Welt der Artefakte hinter sich gelassen. Ein Künstlicher braucht keine Kunst zu schaffen. Seine Werke könnten ihm niemals *mehr* zurückgeben, als er selber bereits ist.

Seit der Verfehlung im Garten Eden sucht der Vertriebene vergeblich nach einem *haltbaren* Verbot. Aber es ist nicht die verlorene Unschuld, sondern die verlorene Furcht, welche die Suche vergeblich, alle Verbote vorläufig macht.

Rationale Ängste, die verwachsene Abart der Furcht, lassen sich auf Parteitagen zerstreuen. Gebote, Gesetze, Riten haben Bedeutung nur für Furchtbegabte.

»Da die Araber den Ehebruch schwer ahndeten, mußte man in eine idealere Welt ausweichen ... die Tochter Mechmeds II. (1008–1010) organisierte in Cordoba eine literarische Akademie, an der sich ihr Liebhaber, ein arabischer Dichter beteiligte. Sie wurde zur ›femme savante‹ ihrer Zeit ... Man lebte in einer oneiroiden Welt.« (Leibbrand, Formen des Eros) Auch hier hatte das Verbot offensichtlich kulturfördernde, sittenverfeinernde Wirkung.

Die trüben Nebel rollten über die Weidenbuckel. Der vertraute Schlag wurde mir unbekannt. Ich stand, verirrt, unversehns vor dem geisterhaften Haupt eines guten Bekannten, eines oft begrüßten Linden-Solitärs, der in Wahrheit, wie ich nun zählte, eine fünfstämmige »Familie« war. Ich betrachtete sein kahles Dendriten-Haupt. Die Fülle der Bifurkationen und Gabelpunkte. Das Dickicht Denken. Der Baum dachte all seine Abzweigungen zugleich. Er mußte sich nie entscheiden.

Kein Wissen, das man nicht sofort wieder ummünzen möchte in reine Intuition. Kein Wissen, in das hinein man mit Haut und Haaren, mit Leib und Seele vergehen möchte – wie in diesen Baum.

Was ich alles fallen ließ, was erst die Blutbuche vor meinem Fenster! Wer zählt das abgestreifte Kleid aus toten Blätter zu unseren Füßen?

Man schreibt aus Reue über das, was man schon *geschrieben* hat. Im Perfekt steckt die ganze Schande. Etwas ist fertig, und das läßt sich nicht wiedergutmachen.

Wie man ihn zittern spürt, den alten Mann in seinem Rollstuhl, denn er zittert vor diesem ohnmächtigen

Bedürfnis, umarmt zu werden. Keine der leichten Begrüßungen, bei denen wir uns neigen und flüchtig aneinander nippen, kann es befriedigen. Dies Bedürfnis, umarmt zu werden, von dem der Alte nicht spricht (denn man kann es nicht fordern!), von dem aber sein Körper erzittert, beinahe besessen ist. In die Arme genommen, umfaßt werden, liebkost, gewärmt.

Das Alter selbst wird ja für einen übelriechenden Abszeß gehalten, und keiner will den anfassen!

Das Alter ist der Käfig. Sieh, das Leben der Fleischlichen ... da draußen ... die anderen sind's, ihre Beweglichkeit, ihre Unantastbarkeit, ihre Selbständigkeit, ihre höchste Freiheitslust. Die Hinfälligkeit ist dein Käfig. Eingesperrt, und wehe, du streckst die Hände aus und suchst jemanden zu betasten! Dasselbe Tasten, woraus des Blinden Blendwerk entsteht.

Der Turmfalke krallt eine Feldmaus auf der Spitze eines kahlen Wipfelasts, Beine und Schwanz der Beute hängen leblos herab. Nach längerer Umschau – die Klaue mißt das Erkalten des Opfers – beginnt der Vogel zu kröpfen. Der Schnabel reißt die offenbar weiche Nagerhaut in Fetzen ab, dann hackt er in die Innereien, Geäder und Darm werden gerupft und fallengelassen. Zum Schluß zieht er den Rumpf samt Füßen in den Rachen. Dann wird der Platz sauber gefressen, nicht größer als ein Fünfmarkstück war das stumpfe Astende, auf dem er eine Viertelstunde seine Beute verzehrte. Die Brust weiß, der Rücken rötlich, die Backen weiß, der Schnabel eher klein. Fraß nicht mit Geschmack. Benahm sich eher wie die Rafferinnen, die Harpyien des Phineus, die fressen und gleich koten. Kaum ist er weg, schrällert ein Schwarzspecht laut im Anflug auf die Stelle. Er untersucht mit der Kopfwendung des Pikiert-und Befremdetseins die Rinde nach Resten. Sein pechschwarzes Gefieder mit der blutroten Kappe gleicht dem Kostüm eines geheimnisvollen Gastes auf einem venezianischen Fest.

Deutsch, das klingt wie ein zerknittertes, weggeworfenes Stück Papier, das sich im Abfall wieder ein bißchen streckt.

Wenn sich der alte Herr am Telefon meldet, seinen Namen nennt, so spricht er ein Ausrufezeichen mit, gefolgt von drei Punkten der Erwartung, ob man ihn gleich erkennt und einzuordnen weiß. Eine ganz andere Stimme meldet sich da als die kleine genuschelte von unsereinem. Der ehrwürdige Intellektuelle spricht; jemand, der ein Leben lang seine Person mit Bedeutung ernährte, bis sie zum Fabeltier mutierte, Phönix oder Basilisk. Denn eine sichere, wunderliche Einbildung ist sich selbst dieser Mann, der noch die Vorkriegsstädte bewohnte, und seinen Namen spricht er aus mit federnder Zunge, während wir, die lediglich die Kulissen einer Friedensperiode hin und her verschoben und im wesentlichen nur die Schleier lüfteten, die längst zerrissen waren, während wir die Stimme kaum erheben, wenn wir am Telefon den eigenen Namen nennen, ihn eher murmeln, blaß und kaum verständlich, fast schamhaft, als wär er uns von Geburt ausschließlich zur Anmeldung bei Pförtnern verliehen, die ihn fehlerhaft notieren und verstümmelt weitersagen.

Doch nichts schrecklicher, als ihn gekannt zu haben, den Überleber. Er war aus dem letzten Krieg gekommen mit einem zerschossenen Arm, ein dicker gemütlicher Mann und tüchtig als Lehrer der Altphilologie.

Und mit zwei wasserhellen Augen, darin gierte das Überleben. Und er überlebte die, die er liebte und erzog. Auch ich gehörte einmal dazu und hatte einst meinem Überleber in sein wäßriges Auge geblickt. Noch sucht er mich nur am Telefon, sein freundliches Gesicht mit dem mörderischen Augenschein kommt näher. Wer von ihm lernte, wird vor dem Meister zugrundegehen. Wie vor mir die anderen Zöglinge durch Unglücksfälle oder Krankheit, nachdem die meisten von ihnen den friedlichen Lehrer kurz zuvor wiedergesehen hatten. Er ist der verfluchte Überleber von allen, die er einmal anleitend und formend berührte.

Gibt es ein Bewußtsein jenseits des medialen? Der Befreiung von der Verengung, den Konventionen der »bürgerlichen Klasse« widmeten sich viele Künstler seit der vorletzten Jahrhundertwende. Ein ebenso universelles Projekt wäre nun die Auflehnung gegen die ungeheure Erniedrigung des Menschen durch eine totalitäre Unterhaltungsindustrie. Hier aber hat sich die Intelligenz nach kurzem Zögern zur Kollaboration entschlossen. Man kann es auch eine ironische Mitläuferschaft nennen.

Wir haben seit dem 11. September nicht mehr miteinander geredet.

Seit dem 11. September habe ich ein Schlüsselproblem. Ich verlege sämtliche Schlüssel. Ich verstecke sie buchstäblich vor mir.

Ich habe meine Zahnbehandlung, die schon vor dem 11. September begann, bis heute nicht abgeschlossen.

Nach dem 11. September habe ich erst zwei- oder dreimal mit ihm geschlafen.

Ich bin wegen des 11. Septembers eine Zeitlang nicht mehr mit der U-Bahn gefahren.

Ich habe im Grunde gar nicht mehr an den 11. September gedacht, als ich mich dabei ertappte, daß ich noch im Aufzug stand, während die Leuchtziffern den 25. Stock anzeigten, unbewußt hatte ich die Chefetage im Visier.

Ich weiß nicht, was Gerhard auf die geschmacklose Idee brachte, dem Jungen ein ferngesteuertes Modellflugzeug zu schenken. Der 11. September stand mir plötzlich vor Augen! Ich hätte ihm eine scheuern können.

Ich hatte nicht damit gerechnet, daß ich nach dem 11. September derartige Hemmungen haben würde, mit ihm über unsere auslaufenden Bausparpläne zu sprechen.

Hätte es den 11. September nicht gegeben, dann wären wir heute nicht so ausgehungert nach ein bißchen Ruhe, ein bißchen Herz, ein bißchen Sex. Nur ein bißchen von allem, mehr verlangt ja keiner.

Die Menschen, die Leut, die Zeitgenossen, die Gesellschaftsinsassen, die Animierten sine anima, nun ja, alles erwogen, beinah alles, was noch nicht erwogen? Wo hält sich das Zünglein an der Waage versteckt? Zuviel erwogen und zu keinem Schluß gekommen.

Hetzende Wolken wird man nur selten gesehen haben. Auch die schnellsten ziehen im gleichmäßigen Tempo, zügiger Strom, da der Himmel sehr breit.

Aber der Kehraus, der letzte Tanz vom Fest, bei dem die langen Röcke der Mädchen den Tanzboden abkehren …

Zwei Gänger, der eine schmächtig und mittelgroß, der andere aber hager und leicht gebeugt. Sie gingen kopfnickend beide, wie immer, wenn einer den anderen nur bestätigen konnte. Sie gingen vernunftbetont und in sich gekehrt. Doch unversehens, ohne sich gegenseitig an den Ärmel zu greifen, jeder aus seinem ureigenen Erschrecken, blieben sie gleichzeitig stehen. Da sagte zuerst der schmächtige Mann: »Das ist er, der sprichwörtliche Zusammenbruch. Der Fausthieb der Gewißheit, nichts auf der Welt mehr zu verstehen. Das Hereinbrechen von Weltfremde. Der Derwischtanz sämtlicher Fixpunkte. Unzählige haltlos stürzende Einzelheiten. Das Todesgesumm sämtlicher Ansichten. Der wilde Galopp gegenstandsloser Fragen. Das Zerreißen der langen Flüsse. Der Abbruch jeglichen Händeschüttelns. Die Speerspitze der kosmischen Stille, die sich unter die Schädeldecke bohrt. Die erschütternde Aussicht, vom heutigen Tag an noch fünfundsiebzig Lebensjahre sinn- taten- erben- freud- mittel- und schwunglos vor sich zu haben ... «

»Allein die Gegenstandslosigkeit!« seufzte der andere leise.

»Wir beide sind vollkommen gegenstandslos. Sie sind jemand, an den ich mich zufällig und flüchtig erinnerte, wie an ein Traumgesicht. In irgendeinem Freundeskreis, vor dem ich einen Vortrag hielt, saßen Sie in der vierten Reihe links außen. Sie wiederum erinnerten sich nicht minder zufällig an diesen Vortragsredner, dessen Namen Sie längst vergessen hatten. Auf diese Weise begegneten wir uns. Kamen miteinander ins Gespräch. Wer weiß, wo. Wer weiß, wann. Meine Frau ist gegenstandslos. Meine Arbeit. Meine Schuhe und meine Hausschlüssel sind es. Dabei ist die Gegenstandslosigkeit der meisten Dinge eine gefräßige Empuse, sie zehrt an allem, was noch einen Restbestand an Gegenständlichkeit besitzt. Vertilgt es, läßt keinen Rest. Das Pochen des Zwergenzorns im feuerroten Ohrläppchen. Die Fontäne aus weißem Wüstensand, die in ein Brunnenbecken fällt, weißer Sand, der aus allen Wasserhähnen strömt. So gesehen, ist der Schwachsinn das letzte Reservat des selbständigen Menschen. Allein der Schwachsinn schützt ihn vor den räuberischen Zugriffen auf sein Gedächtnis. Denn mein Gedächtnis, mein Herz, meine Willenskraft, sie sind ja jedermann zugänglich, ›accessibel‹ für jeden, der nichts davon besitzt. All mein Inneres wird von einem kostenlosen Provider weltweit zur Verfügung gestellt, so daß sich meiner geheimsten Regungen jeder nach Belieben bedienen kann, der selbst nichts Inneres mehr besitzt …

Ich habe nichts zu verbergen. An mir können Sie die Beobachtung machen, daß ein Mensch noch senkrecht vor Ihnen steht, während er doch in Wahrheit längst kopfunter in die Tiefe saust.«

Darauf wieder der Schmächtige: »Zwischen der halb offenen Pforte zum Paradies und der halb offenen Pforte zur Hölle: was geschieht da?«

»Was geschieht zwischen zwei halb offenen Türen? Es zieht.«

»Richtig. Es zieht. Wir stehen unablässig im Zug. Man friert. Es braust, und wir stehen drinnen schlimmer im Freien als draußen. Der komplette Ausfall aller Himmelsrichtungen. Das Überangebot an falschen Einschätzungen der Lage. Die Fehldeutung jedes Verbots. Die Verkennung jedes anderen Menschen. Die Vernunftwidrigkeit jeder Vorsichtsmaßnahme.«

»Das Nichtanderskönnen. Fluch und Gnade, kurz:

Gnadenfluch. Noch kürzer: Hilfe! ... Hilfe! ... Hilfe!«

Man führt sein »individuelles« Gespräch so oder so mit einem Automaten. Am Telefon unterscheidet man kaum, ob man einen persönlichen Mitarbeiter oder einen elektronisch präparierten Beantworter erwischt hat. Sobald die »kritische Masse« an technischem Ersatz erreicht ist, assimiliert sich ihm der Mensch.

Oder auch: der Große Verbund transzendiert in eine unbekannte Strahlung, der alle Verbundenen betäubt. In Trance versetzt. Sie vergessen den Weg, den sie mühsam und erfolgreich über Jahrhunderte zurückgelegt haben, und er verwildert hinter ihnen sehr schnell. Die Technik überschreitet den Menschen, indem sie ihn »rückverzaubert«: hypnos ex machina.

Das naturkundliche Wissen der Griechen ging in Spätantike und Mittelalter verloren, in der Blütezeit der Glaubenskulturen. Die Informierten mit dem abnehmenden Sinn für die Schrift werden nach und nach die Literaturen vergessen. Die Literaturen, jene Welt ganz aus *übertragenem* Sinn, waren die Aufhalter der technischen Zeichen. »Nur daß, der es jetzt aufhält, muß hinweggetan werden« (2. Thessaloniker 2). Denn dann erst offenbart sich der Widersacher.

Ursprünglich entstand die Wißbegierde des Menschen, als er Genaueres über die Letzten Tage erfahren wollte. Dabei schärfte sich seine Beobachtungsgabe, und die Sucht nach Gewißheit ließ ihn Instrumente erfinden, mit denen er präziser den Lauf der Sterne verfolgen konnte. Dabei vertiefte er sich in immer interessantere

Beobachtungen und verlor sich in viele atemberaubende Einzelheiten. Das Letzte wurde ihm mehr und mehr schleierhaft, er verschob es zur Metapher, es schwand als Forschungsgegenstand aus dem Beobachtungsfeld. Er verstand es, auf Gewißheit jeder Art zu verzichten, und lebte in der unentwegten Faszination.

Welch staunenswerte Methode ist das *briefing*, das die Führungskräfte dieser Welt in Minutenschnelle vom Nicht-Wissen zum Bescheid-Wissen befördert! Zweifellos bedarf es eher mimetischer als analytischer Fertigkeiten, um ein solch fremdes, genau geordnetes Wissen-Wie-Wann-Warum kurzfristig zu beherrschen und als eigenes vorzustellen. Darin übt man sich in den Zentralen der Macht, oder eigentlich überall, wo an reibungslosen Abläufen gearbeitet wird. Unvermeidlich ist dabei die fast nur schablonenhaften Wahrnehmung ebenfalls reibungslos funktionierender Menschen. Unsereins ist verwirrt, mindestens einen ganzen Arbeitstag lang mit der Bewältigung einer zufälligen Begegnung beschäftigt. Zum Beispiel mit der Nachwirkung einer bildschönen Frau, die einen im Regionalexpreß anspricht und in ihre Urlaubspläne einweiht. Man kommt von ihr lange nicht wieder los. In den Fluren des Funktionierens übergeht man vergleichbare Wunderlichkeiten, obwohl sie dort wie in allen anderen Lebensbereichen ebenso häufig geschehen. Aber man ist darauf abgerichtet, von Mensch und Ding nichts als sein gröbstes Profil zu bemerken, man muß und will aus allem und jedem den aktiven Nutzen ziehen. Beeindruckbarkeit aber ist die intelligenteste Form der Trägheit, der Passivität. Oder müßte es heißen: Trägheit, abgründige Passivität sind die kritischen Folgen einer hochgradigen

Beeindruckbarkeit? Den bildschönen Menschen ermittelt, erkennt, bearbeitet allein meine Trägheit, er bleibt im Trägheitsgewebe hängen und erweitert es noch. Ich hänge ihm nach, über jede mir zur Verfügung stehende Zeit hinaus. Aber was vom Leben hinge mir nicht nach wie der Atemnebel im Frost?

Zwei albernde Mädchen mit glattem gefetteten Haar sitzen unter einer schick-obszönen Reklametafel und benehmen sich wie die Backfische aus Großmutters Tagen. Sie zeigen Unverdorbenheit in einem Maße, das an die Wirkung eines Immunstoffs gemahnt. Die Unverderbbaren oder: Niemand teilt mehr das Allgemeine. Dem Witz der Feen gleich, wissen sie alles und bewegen sich ohne Rücksicht auf ihr Wissen unbeschwert. Es ist, als baute die Generation von selbst die nötigen Abwehrstoffe auf und brauchte dazu weder Konzepte noch Doktrinen.

Die meisten ihrer Altersgenossen müssen in einer Spätzeit der Jugendkultur wiederholen und remixen, was sie an Gebärden der Jugendlichkeit aus vorangegangenen Generationen vorfinden. Im entscheidenden Moment aber werden sie sich küssen, und sie tauschen den uralten Kuß. Er bewahrt etwas vom Schwur und vom Status der Verlobung, während die Sache im Schritt, den Koitus, ein Flair von leicht erhältlicher Massenware umgibt, wie die Jeans, die so plump von ihm erzählen. Im Kuß verkehren Atavismen, wie das Atzen der Vögel, mit Sublimationen wie dem Gruß, der Ehrfurchtbezeugung, dem Schweigesiegel. Der Kuß ist Symbol, er sammelt soziale, rituelle, verhaltensgeschichtliche Anspielungen, von denen der Unterleib nur träumen kann! Wofür sollte der Koitus noch ein Symbol sein? Aus Mangel an Gleichnis behilft er sich mit Varianten und Metonymien. Für den Kuß gibt es kein four-letter-word.

Wenn Czesław Miłosz schreibt, daß »der Augenblick des Bewußtseins uns niemals ändert«, möchte man hinzufügen: Es scheint sogar, daß der Augenblick des Bewußtseins gar keiner ist. Weil nur lange Bewegung das Bewußtsein zu Bewußtsein macht. So wenig übrigens, wie der Gedankenblitz selbst ein Gedanke sein kann. Weil nur lange malmendes Denken den Gedanken hervorbringt. Der Einfall ist oft nur Abfall aus einer Bewegung, die nicht lange genug ausgehalten wurde.

Im Winter gehen wir, von Kleidern rund, zum Pflaumenhain hinunter, wo wir vor weniger als zwei Monaten im dünnen Hemd die Früchte sammelten, um sie zu Mus zu kochen. Die Luft ist kalt und klar, kein Hauch blieb übrig von diesen noch so nahen Erntetagen. Die Wolken grau, von wäßrigem Blau untermischt, die Horizonte cremefarben-gelb und glühend rot. Weiße Traktorrinnen bändern das Feld. Schuppig der Waldboden von halbgefrorenem Laub, korallenrot bei Sonnenuntergang. Da verspürte ich den Heißhunger eines Blinden auf die versponnenen Farben eines frühen Winternachmittags – indem ich sie sah.

In diesen Wolken hockt, in seinem Ausgedinge, das alte Licht des Jahrs, so gebrechlich, daß es einen fast dauert. Das Aufschauen vom Tisch teilt meinen Blick in drei Teile Himmel und ein Teil langes Land. Erscheint irgendwo ein Mensch in diesem Verhältnis, so sieht man nicht mehr als ein wanderndes Komma oder einen Schrägstrich.

Die Weite macht aus mir einen Giganten des Raumgefühls, wie wenn ich kilometerlange Arme hätte, die das Land umgreifen wollen. Ich kann nicht mehr in Straßenhäuser gehen, ohne überall anzustoßen.

Ich habe das Schöne stets so dankbar erfahren, als verdiente ich nur das Schreckliche.

Lange umschritt ich das runde Soll mit der schwarzen Flamme des Schlehengebüschs, dem finsteren Wirbel mit dem Blutkrustenschimmer, und auf dem Tümpel lag das silbergraue Eis. Um die geknickten Schilfgrasbüschel breiteten sich Schmelzlachen aus. Wieder zog ich im Nebel und Niesel über die Weidenbuckel. Ich nehm's mit jedem Wetter auf, ich gehe, wenn der Boden schwimmt und wenn die Äste brechen, im Hitzegewitter und im Schneegestöber, niemand kommt mir je entgegen. Dafür gibt es dies leichte Auf und Ab von Geborgenheit/Verlorenheit, etwa wenn ich auf dem Heckenweg hinaus in die Lichtung des Ackers trete.

An einem der Sölle hörte ich auf einmal mitten in der Luft den Wortwechsel zweier Männer. Es war mir, als kämen ihre Stimmen aus dem Baumgürtel dieses kleinen Kraters. Doch niemand war zu sehen. Als wenn mit den kahlen Zweigen Stimmen schwängen, oder ein Gespräch, vom nahen Mobilfunkmast übertragen, verstärkt durch seltene Effekte, schallte hinaus in den freien Raum. Nein, es war kein Ferngespräch ... wenn auch ein in der Ferne geführtes, das besondere Luft- und Bodenwellen zu mir trugen. Es fiel dann auch ein Wagenschlag zu. Aber das Starten eines Motors war nicht mehr zu hören. Weit ausgreifende Schallwellen, wie Polarlichtringe. Vielleicht ist ja die Menschenleere hier ein guter Leiter für entfernte Stimmen.

Im verrottenden Heu der abgelagerten Wiesenmahd, jetzt mit dünnem Schnee überzogen, entstand im Juni ein Schlangennest. Auf dem warmen Kompost glitten die grüngrauen, perlmuttschimmernden Nattern, eine große Familie, und die Neugeborenen noch ohne Schlangenhaut, bronzefarben nackt, streckten ihren Kopf aus den fast gleichfarbigen Heuhaufen in die Abendsonne. Ungeachtet der Gefahr, die ein solcher Nistplatz für sie darstellt, die menschenscheuen Schönen, verführte sie allein die erhöhte Wärmestrahlung des Komposts zur Ansiedlung. Nicht gerade ein Zeichen von diabolischer Vorsicht. Bald ziehen sechs, sieben ausgewachsene Schlangen durch den Haufen. Und wie sie da über-, unter- und aneinander geschmiegt gleiten, um dann wie mit zusammengelegten Armen, übereinandergeschlagenen Beinen eine vollkommene Ruhestellung zu finden, sind sie das unerreichbare Vorbild des Ballettänzers und Akrobaten.

So gleiten sie und kriechen nicht, die Schlangen, und ihre sensibel ineinander gewundenen Bewegungen erinnern mich seltsam an die Läufe meiner Modelleisenbahn, die ich als Junge auf dem Dachboden auf einer großen Sperrholzplatte dirigierte, mit ihren vielen Stationen und Dörfern aus Bakelitteilen, den beleuchteten Häusern und Weichen, den rotblinkenden Bahnübergängen … da glitten meine lieben Züge, hier meine lieben Schlangen.

Mir scheint, ich habe weiter nichts zu tun, als an die folgende Äußerung aus einem Brief Robert Louis Stevensons anzuknüpfen und sie in tausend Einzelbelegen für mich zu bestätigen:

»Je älter ich mit jedem Tag werde, desto mehr werde

ich wie ein verstörtes Kind; ich kann mich an diese Welt nicht gewöhnen, an Zeugung, Vererbung, an Sehen und Hören; die gewöhnlichsten Dinge sind mir eine Last. Die gezierte, entwertete, höfliche Oberfläche des Lebens und seine derben, obszönen und orgiastischen – oder menadischen – Fundamente bilden ein Schauspiel, mit dem mich keine Gewohnheit versöhnt.«

Die Rose kennt mein Riechhirn (während ich nur von ihm *weiß*), sie spricht mit ihm, die beiden verkehren miteinander, während ihr Duft meine übrige erkennende Sphäre verwirrt und betäubt.

Es kam eines Tages in Mode, daß man sich schönküßte. Es genügte das Nippen am Rand des anderen, möglicherweise völlig fremden Menschen, zu dem man sich neigte und dessen Kopf man in beide Hände nahm. Den eigenen stellte man ein wenig schräg und näherte sich darauf mit entspannten Lippen dem entgegenkommenden Mund, um ihn leicht zu berühren. Aber nur so, als wollte man lediglich den Geschmack des anderen kosten. Es war ein probierender Kuß, und er setzte voraus, daß jeder etwas von seinem unverwechselbaren Geschmack auf den Lippen trug. Das war vor allem eine beispiellose Herausforderung an die Aromaindustrie und die Flavouristen. Bei jeder Begegnung, die zwei Menschen für eine solche hielten, war dieser praktisch speichelfreie Kuß möglich – ja, er wurde allseits angeboten und erwartet. Der Geschmack des anderen, mochte er noch so deutlich und individuell sein, konnte natürlich wie bei einem Getränk oder Parfüm stets noch zum Angenehmen hin manipuliert werden. Jedenfalls ließ dieses Kosten und Nippen eine ganz unbekannte Neugierde unter den Menschen entstehen – und allein die mußte sie enorm verschönen.

Es ist, wie es kommen mußte. Das Voltairesche »Alles geht uns an« führte mit ein wenig Verspätung zu einer industriellen Supermacht der Anteilnahme, die ein einzelnes Menschenherz nicht mehr verkraften kann. An einem einzigen Tag könnte sich die gesamte Wachheit (also das tatsächlich *aktive* Interessepotential) eines »Alles geht mich an«-Mannes restlos erschöpfen. Vollkommen indifferent starrte er dann vor sich hin bis zum Ende seiner Tage.

Daß das Tiefste nicht verbreitet werde, das Gebot des Pythagoras, mag weniger aus einer esoterischen als anthropologischen Vorsicht herrühren. Nur eine konzentrierte und verschwiegene Gesellschaft, verborgen in den Massen, könnte diese vor massenhafter Info-Demenz bewahren (vgl. den breitgetretenen Quark selbst höchster Belange, die folglich niemand mehr ernstnimmt). Die Exklusion erhält nicht nur das Wissen wissenswert, sie dient zugleich dem Wohl und Bedürfnis aller, weil sie davor bewahrt, daß ein Gemeingut schließlich nur noch aus Halb- und Unverstandenem besteht.

Meine Ehrfurcht erträgt den glitzernden Spott der Sterne.

Noch nicht identifizierbare intergalaktische Schreie deuten darauf, daß der Schmerz nirgendwo begraben ist.

Wer kann es sich leisten, ergriffen zu sein von einer Stimme, die unterwegs aus einer dichtbelaubten Linde zu ihm spricht? *Begreifst du denn nicht?* Oder zu weinen vor der plötzlichen Nacktheit einer Frau, die ihn seit Jahren abwies, um sich eines Tages *demonstrativ* vor ihm zu entkleiden? *Begreifst du endlich?*

Wer ist es, der mich immer wieder und immer dringender, halb im Erbarmen, halb mit deutlichem Unwillen, so fragt? Als dächte ich all meine Dinge ohne das, was mir zugedacht. Aber wie könnte ich anders? Diese Stimme versteht nicht, daß ich nicht wissen kann.

Verblichen oder gerade verbleichend. Ausgebleicht scheinen. Das Licht der Blässe. Verblichene Stoffe, verbleichende Gesichter. Verblichenes in der Welt möge ihre Modefarbe sein.

Auch die letzten Träume des alten Jahrs zerriß der Geifer seiner Verächter. Ah, wie sie aus allen Löchern der Hütte gegen ihn fauchten! Dichter Juan Chi (210–263), in Ungnade gefallen, war seine Ämter los und lebte allein im Gebirg, genoß den Wein und die Sonnenuntergänge. Da gab es keine Ehre mehr als die des eigenen abgetrennten Raums.

Gott gebe mir einen Plan! So dachte er beim Erwachen am Neujahrstag. Und dann sagte er sich: wozu der jugendliche Drang? Überhaupt ist das meiste, das dir durch den Kopf geht, immer noch sehr jugendlich. Viel zu jugendlich für deinen Kummer und deine Lage.

Eines Tages erhält er den langen, unordentlich geschriebenen Brief einer jungen Frau, Brief einer Leserin, die sich ihm weit öffnet. Er legt ihn beiseite. Aber in seinem Kopf kreist das Bild einer jungen gefährdeten

Person, die ihr Schicksal tief mit seinen letzten Gedichten verwoben hatte. Nach einigen Wochen liest er den Brief ein zweites Mal. Und er denkt: Sie stürzt sich vielleicht morgen, gerade morgen in diesen Abgrund, von dem sie da schreibt! Also macht sich Juan Chi auf die Suche nach dieser Person und findet sie auch. Sie wundert sich aber, ihn zu sehen. Ihr Brief und auch das Buch, das er geschrieben hatte, sind ihr bereits in Vergessenheit geraten. Ich hatte einmal einen großen Kummer, sagt sie, das ist wahr. Aber der ging wieder vorüber!

Ging wieder vorüber ... Chi kehrt um und zieht sich in seine Hütte zurück. Du hast genug gesehen, sagt er sich. Und auch genug gesagt. Und wenn du künftig nicht ganz still sein willst, vielleicht genügt es, ein wenig mitzusummen, wenn der Wind in den Ritzen singt. So ist es eben. Eines Tages wachst du auf und bist ein Gleichmütiger geworden. Ein gottesfürchtiger Nicht-nach-Ihm-Fragender. Wenn man die Dinge betrachtet, verändern sie sich. Wenn man die Dinge liebt, entziehen sie sich. Erst wenn man ihrer gedenkt, treten sie in den grenzenlosen Stillstand der Schöpfung ein. Du siehst jemanden, der auf seinem Weg sich umschaut, und zwar nach oben. Aha, sagst du dir, das ist bestimmt ein Mensch, der vor jedem wichtigen Schritt, den er tut, Rücksprache hält mit dem Himmel. Dabei hat doch der Mann nur nach einer nahen Regenwolke geschaut!

Nichts übertrifft das sinnliche Ideal der lupenreinen Schönen mit dem kriminellen Hintergrund! In diesem Fall dem Stehlenmüssen, dem Lügenmüssen, dem Schandhaften als Integrum ihrer Schönheit. Eine Erotik der vestalischen Hinderung, die die Lockkraft einer Frau steigert, je unberührbarer sie erscheint. Alles

Weibliche ist Figur oder es ist nicht. Die versteckte und verschobene Lust erlaubt meinem Idol, Keuschheit und Triebleben zu gleicher Zeit zu pflegen. Es macht nur noch mehr Figur aus ihr, daß sie jede Vorstellung davon verbietet, wie sich ihre Glieder lösen und sich mit denen eines Mannes renken. Ich folgte ihr heimlich nach einem ihrer erfolgreichen Diebeszüge, schlich in ihr Hotelzimmer, beobachtete sie beim Kofferpacken, und meine Augen teilten sie und ihr Tun mit einem lüsternen Fragmentieren in lauter Fetische und große Einzelheiten. Da war ihr vom Körper gelöster, leerer BH, den sie in den Koffer warf. Dann sah ich von sehr nah das schöngekämmte, geflochtene Haar an ihrem Hinterkopf, den Stöckelschuh, der in ihrer Manteltasche stak, den vom Pulverdampf versengten, porösen Lederhandschuh, nachdem sie ihrem Kinder-Pferd den Gnadenschuß gegeben hatte ... Denn das geschah, als sie aufbrach zu ihrem letzten Beutezug. Ich hätte sie in hundert verzehrenden Details enthüllen können, ohne den rätselhaften Glanz ihrer Erscheinung im gesamten zu beschädigen. Noch heute suche ich auf diesem ebenen Gesicht, das hartnäckig mir vorschwebt, vor mir schwebt, nach dem geringen Anflug von Genuß und Lüsternheit, den ich nur ein einziges Mal dort bemerkte. Und zwar, als sie auf jenem Beutezug einen Firmen-Safe gewissenhaft öffnete und das offenbare Geld vor sich hatte. Nur ein Hauch von reiner Begierde, ohne verkniffenen Mundwinkel, ohne den Winkelzug eines verstörten Eifers, zog über ihr helles Gesicht und verlieh ihm den verwegenen Zauber einer Frau, die ihren dunklen Hintergrund kaum verbarg, ja die sogar, bei Gelegenheit zur Rede gestellt, imstande war, die Erklärbarkeit ihrer Person selbst zu ironisieren, ohne sich etwas zu vergeben. Und das blieb auch so, als ich sie schließlich einfing, mich ihr in den Weg stellte und sie Schritt um Schritt in die Schrecken ihrer Kindheit zurückversetzte. Ich ließ sie zum Schluß noch einmal in das Blut tauchen, das sie als kleines Mädchen vergossen hatte, beim Totschlag eines Mannes, der ihre Mutter drangsaliert hatte. »Ich möchte nicht ins Gefängnis, ich möchte bei dir bleiben«, flehte sie da und schmiegte sich zum ersten Mal fest an mich.

Es gibt Frauen, deren blendendes Aussehen von der Aktivität ihrer Hintergedanken kontrolliert wird, die sie selbst gar nicht kennen. Sie werden bewegt und angetrieben von irgend etwas, das ihnen zwar unbewußt bleibt, das ganz Blick geworden ist, das aber gleichwohl auf einer ausgefeilten Berechnung beruht. Diese Rechnung kann nicht von ihnen selbst stammen, sie wären nicht in der Lage, sie anzustellen oder nur nachzuvollziehen. Und eben das – Kalkül und Unfähigkeit zu demselben – macht den Schein der unergründlich schönen Erscheinung. *Marnie* aber weihte mich in ein erotisches Wissen ein, das zu nutzen ich in meinem Leben niemals Gelegenheit fand.

Es fällt mir bedeutend leichter, dem Gewissensstrom, der Form des Unaufhörlichen zu folgen in den Aufzeichnungen der Simone Weil als dem langen Lauf amerikanischer College-Romane. Jener Strom ist Universalerzählung, er handelt von Welt und Überweltlichkeit. Im übrigen ist die sprunghafte zugleich die sinnlichste Fortsetzung der Dinge, denn es wird bei *allem* Wahrnehmen in einem vorgeblendeten Kontinuum solange gesprungen, bis dieses sich schließlich ergibt. Die Abschnitte sind die Ansprünge aus einem großen, noch unfaßbaren Text, wie wenn der Leser von freudigen wilden Tieren einmal kurz umklammert wird. Es sind Einstellungsschlaglichter eines nicht beendbaren Films, dessen überwältigender Rhythmus seine ganze Geschichte, seine ganze Handlung ist. Andeuten, Streifen, Zerstreuen, dem Provisorischen ganz verfallen, und dies ist eine Existenzform und kein Provisorium. Das *Vorgesehene* will mehr und nichts als mehr werden. Schließlich haben wir aus Zusammenhängen alles herausgeholt, was herauszuholen war.

»Ich bin nur ein Mittel, und ein Mittel im Hinblick worauf, das weiß ich nicht.« (Simone Weil)

Jemand, der im Nebel steht und stehenbleibt; der Gebilde sieht, die sich schnell formen und aufbauen und dann ebenso schnell wieder sich auflösen und vergehen. Und dieses Sehen, dieses Formenspiel sollte nichts als eitel sein? Nur Phantome?

Die Zunahme an Großereignissen, die man unter Bagatellverdacht stellt, entspricht der Zunahme an Bagatellen, die sich lebenserschütternd auswirken.

Wir haben es mit einzelnen Streiflichtern von Literatur zu tun, die wie von einem sphärischen Leuchtturm in unbekannten Abständen unsere Seele treffen. Eines davon ist Louis-René Des Forêts Schmerzensbuch *Ostinato.*

Versuchen wir dem geistigen und unbemannten Leuchtturm weit außerhalb unserer Realität zu vertrauen, dessen Licht wir inmitten der Banalität und Abstraktion, der technischen Träume und medialen

Phantome als einziges schlagartig, *unvermittelt* empfangen!

Wie schamlos es sein kann zu schreiben, erfährt man von niemandem eindrucksvoller als von diesem Autor, der zwanzig Jahre nichts veröffentlichte nach dem Tod seiner Tochter, die ertrank. Schließlich gibt es vollkommenes Verstummen, während das Schweigen nicht vollkommen sein kann, weil das Innere weiterredet. Zu schreiben aber würde erst recht das Gedenken stören wie lautes Pfeifen in der Kirche. Der einzig gerechtfertigte Luxus des Begüterten ist es, den anhaltenden Schmerz nicht durch falsche Bewegungen zu korrumpieren. Das Leben geht weiter ... das gilt für Erwerbstüchtige. Derjenige, der keine Erwerbssorgen kennt, verharrt in der einen Stunde des Unglücks, bis er selber zerfällt. Nichts rührt sich mehr. Die sogenannte heilende Wirkung der Zeit hat ihn lediglich von der Illusion geheilt, er könne den Verlust jemals aus andauernder Gegenwart, aus dem Alltag auch seiner einfachsten Schritte und Griffe verlieren. Und doch wird am Ende die »verwüstende Wucht« des Schmerzes zum Grenzfall der Sprache, die den Verlust nachvollzog und die ihn nun »wiedergibt«, das heißt: ihm neue Dauer verleiht. »Man muß durch das Elend der Worte hindurch.«

Manche bereiten – in einem stimmungsgeschichtlich nicht ungünstigen Moment – einen Aufstand gegen die Zukunft vor, der Gegenwart liebstes Kind. Der Gegenwart liebstes Kind sollte hingegen ihrer Meinung nach der jeweils blühende Tag sein, der unter Innovationsdiktaturen stets als bereits welk und gestrig angesehen ist. Zu ihrem Programm gehört etwa der Begriff der Dilatation: Erweiterung, Ausdehnung, Anhalten von Stunden und Tagen.

Was geht vor in der Gemeinschaft zum Tode, in der Fluggastkabine kurz vor dem Absturz, gibt es eine kollektive Erfahrung der letzten Sekunden? Ich will es nicht wissen. Sich hineinwühlen in den nackten Horror, auf Tuchfühlung gehen mit der greulichsten Not, alles aufklären bis zum sinnlichsten Nachvollzug des Unglücks, um nur ja nichts der Aufklärung und Sensationsgier vorzuenthalten, das alles ist schamlos, verrohend, ein Sakrileg … *Ich will es nicht wissen* wird nun zu einem Grundsatz der Selbstbehauptung und der moralischen Reserve. Nichts scheint heute hilfreicher, als die Vorrichtung solider Scheuklappen, die den Blick abhalten von gewissen Ermittlungen, die in Wahrheit nur die niedrigsten Instinkte wecken. Man muß gleichsam ein Parsifal seiner späten Jahre werden, der aus erworbenem Ignoriervermögen ein Bewußtsein, das ihm von allen Seiten souffliert wird, abzuwehren versteht: ich *will* es nicht wissen!

»Die Weisheit ist etwas Kaltes und insofern Dummes. (Der Glaube dagegen, eine Leidenschaft.) Man könnte auch sagen: Die Weisheit verhehlt dir nur das Leben. (Die Weisheit ist wie kalte graue Asche, die die Glut verdeckt.)« Wittgenstein, Vermischte Bemerkungen.

Die Erfindung einer neuen Literaturgattung waren der Babylonier großangelegte Listenwerke, Vorzeichen-Sammlungen, nichts als Omina und ihre Deutung.

Vielleicht sollten wir unsere Semiologien, Zeichen-Apparate zurücksetzen (reset), um wieder in Vorzeichen lesen zu können. In den Worten lesen, das heißt: zu erkunden suchen, nicht was sie bezeichnen, sondern was sie murmeln. In der Schafsleber der Texte lesen. Gewisse Sätze sich so häufig wiederholen, bis sie preisgeben, was zu tun ist oder wohin die Gedanken zu richten sind. Figuren des Rauchs steigen aus den unscheinbarsten Büchern auf. Und auf einmal lesen wir sie ineins mit der graublauen Dämmerung, dem hellen Streifen am Horizont, dem Getreidepreisverfall, einem Transporter in Metallicgrün, einer beleibten Bäuerin, die auf einem Gemälde mit ungeknickten Beinen die Garben aufmandelt. Mit den Figuren des Öls, das auf einer Wasserlache schwimmt. Mit der Melodie einer Flöte, die wie ein großer kalter Hauch über den Hof schwebt, und alle Scheiben beschlagen. Diese Musik wird uns Eisblumen aufs Fenster treiben. Und auch sie werden wir lesen.

Am Tag der Heiligen Drei Könige gingen wir unter der klaren Sonne im Wald. Zwischen den lichten Stämmen flatterten die Krähen. Der Schnee war gefleckt vom Blut und dem rotschwarzen Geschlier aus den Wunden der Wildschweine, die am Vortag der Treibjagd zum Opfer fielen. Auch der Seeadler spähte nah am Boden, um nach genießbarem Gekröse zu suchen. Die unberührten weißen Platten der Seen zogen uns an. Wildspuren nur in der Nähe des Ufers. Sehr viel weiter wagten auch wir uns nicht aufs Eis. Auf dem Gewässer, fünfzig Meter von unserer Badestelle, hatte jemand ein Loch eingeschlagen. Man sah, das Eis war gut zwanzig Zentimeter dick. Aber wir ließen das Unberührte lieber unberührt. Obgleich die schneebedeckte, glitzernde Weite ohne jede Unregelmäßigkeit uns lockte, ihr die

Keuschheit zu rauben und knirschend die erste Spur zu prägen.

Sicher, die Herzlichkeit dieses Mannes war mir durch jeweils ein herzliches Auflachen zuviel von Anfang an verdächtig. Aber er hatte den verführerischen Ton des Sich-Erkundigens, dem ich nicht widerstehen konnte. Er schmeichelte meinen Bedürfnissen so dezent und gewissenhaft, daß nicht einmal zu Beginn irgendeine Verlegenheit zwischen uns aufkam. Nichts, das uns gezwungen hätte, wie es üblich ist, eine Zeitlang beliebig nebeneinander her zu plappern. Er wußte sofort, daß ich es nötig hatte, endlich ein paar Fragen zu hören, die *mich selbst* betrafen. Sein Zungenschlag wie sein ganzes Aufmerken unterschieden sich wohltuend von diesem wahnsinnig gewordenen Sich-Äußern, das alle Welt zu Egomanen gemacht hat. Je weniger Ich, um so beflissener spricht es von sich. Dieser Mann nun vermied auch die Unsitte, dem anderen schnell ein paar examinierende Fragen zu stellen, um durchblicken zu lassen, was man selbst für bedeutsam oder überflüssig hält. Aber selbst die hätten mich aufhorchen lassen! Wann wurden mir zum letzten Mal wenigstens ein paar lausige examinierende Fragen gestellt?

Alle waren wie Patienten, die prahlten mit ihren Gebrechen und Beschwerden. Aber niemand ließ mehr den Arzt, der doch auch in jedem Menschen steckt, den verborgenen Arzt zu Wort kommen. Denjenigen, der sich erkundigt. Er war seit langem verstummt.

Gern nahm mein Gegenüber etwas, das ich nur nebenbei erwähnt hatte, zum Anlaß, um genauer nachzufragen und eine längere, müßige, jawohl: nur der Muße dienende Erörterung zwischen ihm und mir anzuregen.

»Sie sagen, Sie hätten Dresden besucht. Wie ist es dort? Welchen Eindruck hatten Sie von der Stadt mit ihrem heutigen Aussehen?«

»Es gibt Wunderbares auf engem Bezirk. Mir war aber, als rücke das Fürchterliche, Abscheuliche, das in weiteren Ringen das Kernschöne umgibt, immer enger gegen dieses vor. Oder wiche ihm zumindest nicht. Es breitet sich vom Kernschönen her nichts fruchtbar nach außen.«

»Das Kernschöne ... das in seinem Kern Schöne, sagen Sie. Eine solche Wendung ließe sich übrigens kaum je einer Frucht zuschreiben. Sie kann im Kern gesund sein, aber ihre Ansehnlichkeit gewinnt sie doch von ihrer äußeren Hülle her. Es mag nun sein, daß es gerade für eine Stadt, zumal eine wie Dresden, keinen sinnfälligeren Ausdruck gibt.«

»Fänden wir jetzt noch das alte Dresden zerstört«, setzte ich nach, ohne seine Bemerkung ganz aufzunehmen, »so bestünde ja Hoffnung, so sähen wir weiter. Man würde das eine mit dem anderen aufbauen, das alte mit dem neuen. Aber Bauten von brutaler Zweckmäßigkeit haben bereits die Lücken gefüllt und treiben ihr Unwesen zwischen Alt und Neu, denn neu war nie etwas an ihnen und ist es daher auch heute nicht. Inzwischen weiß man aber in der Architektur wieder Zweck und Schönheit in Einklang zu bringen und darf in unserer Periode tatsächlich von einer *neuen* Baukunst sprechen.«

»Sie müssen mir sagen, ob Ihnen dieser ebenso abwegige wie fortschrittliche Gedanke gefällt: am besten ließe man nach Kriegen oder Zerstörungen erst einmal alles liegen, wie es fiel, sorgte lediglich für entsprechenden baulichen Notbehelf, um eine nächste Epoche von

Geschmack und Reichtum abzuwarten, in der dann auf ganzer Fläche und zusammenhängend wieder aufgebaut würde?«

»Das ist unmöglich, aber ein Segen wäre es.«

»Sie haben vermutlich an anderen Orten viele neue Bauwerke gesehen. Haben Sie gestaunt, als Sie vor ihnen standen? Oder waren Sie zufrieden, ich will nicht sagen: *nur* zufrieden, denn es ist weißgott nichts Geringes, von einem Gebäude beim ersten ungeprüften Hinsehen ein Gefühl der Zufriedenheit zu empfangen.«

»Ich war zufrieden, aber oft auch beängstigt. Denn schroffer als Menschen schienen mir gewisse Bauwerke jede Nähe zum nächstliegenden zu verweigern. Da steigt ein neues Haus in die Höhe und will ganz für sich bestehen. Es lehnt mit ungeheurem Hochmut jede Gesellschaft ab. Deshalb sage ich ja, gebaut werden muß auf der ganzen Fläche und im empfindlichsten Zusammenhang.«

Das Gespräch bewegte sich langsam und lange dahin. Es ging von den Städten und Bauwerken zur Medizin und den technischen Neuerungen dort, immer wieder waren es Neuerungen, die uns beschäftigten, ohne uns zu vorschnellen Urteilen zu verleiten. Es kam keine Mißstimmung zwischen uns auf. Aber irgendwann war der Zeitpunkt gekommen, und ich merkte untrüglich, daß ihn noch etwas anderes interessierte, als nur sich mit mir auszutauschen. Als nur auf eine behutsame Weise mit mir zwischen Frage und Antwort zu pendeln. Wenn der herzliche Nachfrager mich zu einem mir bis dahin ungewohnten Reden verleitet und mein Reden wiederum bei ihm eine weitere Neugierde geweckt hatte, so waren dennoch damit *seine Bedürfnisse* nicht ans Ziel gelangt.

Wie ich schon sagte, es kam mir der Verdacht, daß seine Herzlichkeit, sein respektvolles Hineinhören in den anderen, sein Talent zur gemeinsamen Erörterung, letztlich einen außerhalb von uns beiden gelegenen Zweck verfolgten. Wie soll ich mich ausdrücken? Er suchte gewissermaßen die *Gesellschaftsfähigkeit* unserer Intimität zu prüfen. Er wollte in der nächsten Runde nicht länger mehr mit mir alleine sich austauschen, sondern mich einführen in einen ausgewählten Kreis Gleichgestimmter. (Worin? fragte ich mich, worin denn gleich-gestimmt? In allem? Weil man eben so fein aufeinander abgestimmt war?) Ich fühlte mich mißbraucht und irregeführt. Was ich für eine unzeitgemäße dialogische Menschenfreundlichkeit gehalten hatte, entpuppte sich als ein werbendes und prüfendes Vorspiel für eine gesellschaftliche Introduktion, wenn auch in den kleinsten Kreis, bei dem eine solche Intimität, ein solch geduldiges Aufeinandereingehen zum guten Ton gehörte oder sogar als eine versnobte Gepflogenheit inszeniert wurde.

Ich sagte daher zum Abschluß: »Ich bin seit je ein Mensch gewesen, über den man sich in jedem Kreis, mit dem er kurz in Berührung kam und in dem später sein Name einmal wieder fällt, mit einem gemeinsamen stummen und traurigen Kopfschütteln einig ist.«

Darauf wieder sein allzu herzhaftes Auflachen, das ich beim ersten Genuß unseres Gesprächs mit herz*lich* verwechselt hatte.

Der funkelnde Schnee, die Wintersonne, das weite gefrorene Land, über unseren Wegen blaues Eis, der Räumdienst hat uns vergessen. Auf dem Weiher fegen wir selber Schnee, schließlich will man schlittschuhlaufen. Wohin steuert heute die ziellose Kufe und zeichnet die Schrift in den weißen Staub?

Ging am Nachmittag zu den Krähen im Nebelschnee, hinüber zum westlichen Waldsaum. Dumpf-dumpfes Licht. Überall vergorenfarbene Eisschlieren in den Brüchen und die Kuhpfade waren geronnene Schlammbäche. So wenig an Vorkommnissen, daß ich oft tagelang der sonderbaren Handbewegung einer Postbotin nachhänge. Oder fast ein halbes Jahr im Hall-Raum eines Freudenseufzers lebe, den im vergangenen Sommer mein Sohn ausstieß, als er von seiner Ferienreise zurückkam und das Haus und die Hügel mit seinen Blicken umarmte: Wieder da!

Warum fliehen die schwarzen Droher so hoch oben vor mir? Nur weil dieser einzelne Mensch so senkrecht vom Grund absteht? Welche Aura umgibt uns im Furchtsinn der Tiere? Sobald sie uns nicht sehen und wir fahren im Auto vorbei, das unsere Gestalt und Witterung verbirgt, so rührt sich keiner vom Ast. Auch die Greifvögel nicht. Aber geht man allein und preßt seine schweren Tritte in den gefrorenen Schnee, kreischen sie und schwingen davon.

Wenn Thoreau hoffte, daß die Welt ihn nicht mehr verändern solle, so stehe ich umgekehrt auf dem höchsten Hügel der Gegend und möchte ein bis ins Unterste von der Welt Durchstöberter sein in meiner Freiheit.

In Konstantin Leontjews Schrift »Der Durchschnittseuropäer«, in der sehr früh schon von der »Raserei der sterilen Kommunikation« die Rede ist, fand ich das folgende Zitat John Stuart Mills:

»Wenn das letzte wilde Tier verschwindet, wenn kein freier wilder Wald mehr bleibt, dann wird auch die ganze Tiefe des menschlichen Geistes vergehen; denn es ziemt den Menschen nicht, nur unter seinesgleichen zu sein, und der Nutzen, der aus der menschlichen Siedlungsdichte und häufigen Kommunikation zu ziehen war, ist längst erschöpft.«

Negativ wirkt auf das allgemeine Niveau das Verschwinden einer sendungsbewußten Avantgarde, das mächtige Häuflein, von dem die kulturmagnetischen Stürme in die Atmosphäre ziehen. Mit anderen Worten: der verödete Quell der Mallarméschen »Mardis« steht in unmittelbarem Zusammenhang mit der »Bildungskatastrophe« dieser tölpelhaften Gesellschaft, die sich gern von ihren Mißständen mehrmals überraschen läßt, indem sie dieselben immer wieder vergißt und aus eigener Kraft nicht mehr abschaffen kann.

Wie nicht anders zu erwarten, wurde *Arkanum* zu einem Chefbegriff der rationalen Kunstkritik. Es bringt immer etwas, wenn man seine nüchternen Betrachtungen mit einer Anleihe aus einer eigentlich verpönten Weihezone würzt. Da es die wenigen, die ein Geheimnis hüten können, nicht mehr gibt und geben darf, wird der Begriff schnell vogelfrei und bald sogar populär, womit die Grenze zwischen verlorenem und Wider-Sinn endgültig überwunden ist.

Authentisch war ein Künster oft nur für eine kurze Zeit. Vielleicht sind es nur wenige Jahre, in denen sich entscheidet, was man für immer von ihm hält. Er selbst empfindet, daß er mit dieser Periode der Authentizität, die man ihm begrenzt und die nicht zu leugnen ist, ebenso lächerlich aussieht wie der Goldring im Ohrläppchen eines glatzköpfigen Finanzbeamten, der noch aus seinen Kälbertagen stammt, als der Schopf noch üppig war und die erste Piercingwelle übers Land rollte.

Er sagt von sich selbst, was andere über ihn sagen. Er macht sich nicht einmal die Mühe, eigene Worte zu wählen, um seine Person zu charakterisieren. Er sagt zum Beispiel: ich besitze bekanntlich das Talent, mein Gegenüber in völliger Sicherheit zu wiegen.

Ein Mensch muß doch von sich eine andere Meinung haben als alle anderen! Einfach aufgrund eines geheimen Mehrwissens, aufgrund einer bedenklichen Fülle innerer Vorgänge und Skrupel, die jedem anderen verborgen bleiben. Was zum eigenen Umriß führt, ist doch gerade eine stiller Vorbehalt an Eigenem, das sich dem allgemeinen Urteil niemals darbietet. Aber dieser Mensch – er sagt: ich bin ein Wollüstling, ich bin ein Weltbürger, ich bin ein Prasser. Das sagt kein Mensch von sich selbst, es sei denn, er bestünde überhaupt nur aus dem, wofür andere ihn ansehen. Er wäre nichts als ein behaglicher Port, in dem die Urteile anderer ankern wie luxuriöse Jachten. Er könnte niemals sagen: es ist mir noch um etwas mehr zu tun. Wollüstling, Weltbürger, Prasser, das alles trifft es nicht … da ist noch etwas anderes, aber dafür fehlen mir die Worte. Nein, nur was über ihn geredet wird, ist sein eigen. Hilflos und auftrumpfend, in naiver Wortwörtlichkeit gibt er es wieder: Ich verstehe bis heute nicht, richtig mit Messer und Gabel umzugehen, sagt er, dafür aber gebe ich die glanzvollsten Diners der ganzen Stadt! … Wenn neuerdings soviel Aufhebens von meiner Großzügigkeit gemacht wird, dann kann ich nur sagen: jawohl, ich bin großzügig. Bis ins Mark meiner Knochen … Man hat mir häufig vorgeworfen, ich ließe alle Deckel offen, Zahnpasta, Marmeladenglas, Pillenschachtel, und alle Türen stünden immer halb offen ... Ja, warum denn wohl? Weil ich den Dingen nichts Abschließendes zumuten will, sobald sie sich einmal in meinem Besitz befinden. Das hat übrigens Rita Collin damals als erste bemerkt. Ich denke, die Dinge, die ich besitze, sollten zu mir in einem offenen, durchlässigen Verhältnis stehen ...

Die Redseligkeit ist am seligsten, wenn sie sich über etwas Allgemeines, Tierschutzartiges verbreiten darf. Etwas, bei dem jedermann sicher sein kann, daß auch der andere nicht mehr davon versteht. Selbst wenn einer über detaillierte Sachkenntnis verfügt, sein Eifer würde doch nur vom groben Umriß gereizt. Er erfreut sich an der Plausibilität, die ihm gelingt. Es ist überhaupt die Lust an der Plausibilität, die seinen Verstand überflügelt. Sie setzt Glückshormone frei und treibt ihn von einer Feststellung zur nächsten, ohne daß er von der zunehmenden Unfeststellbarkeit seines Gegenstands das geringste bemerkte.

Moralische Bemerkungen sind nur in Zeiten etwas wert, in denen man sich über seinesgleichen noch verwundern kann. Wo aber wäre noch Platz zum Verwundern in diesen Augen, die von früh bis spät auf Fertigkeiten gerichtet sind, die so virtuos mit den Schatten spielen, die das Mögliche vorauswirft? Wozu den Virtuosen wiedergeben, wie sie sich geben? Laster, Fehler, Mißbildungen, das gesamte Repertoire des moralischen Bemerkens nimmt sich im übrigen zwischen den Kräften, die jetzt auf die Welt einwirken, Kräften der liberalen

Gewalt und Kräften der religiösen Gewalt, ein wenig betulich aus. Man spürt in den kleinsten Dingen heute Ausläufer einer stärkeren Bewegung, als sie ein »Sittenspiegel« einfangen könnte. Dennoch frappiert jede Nuance, die La Bruyère an seinen Charakteren schildert, sie stimmt gestern wie heute. Die Beschreibung der Einzelnen bei Hof und der Einzelnen auf den »Weltmärkten« unterscheidet sich dort nicht, wo es um die Wesensmerkmale des Gesellschaftsmenschen geht. Gleichwohl drängen sich Großformate der Bewertung auf, welche die Nuance bedrohen. Die Menschen und was sie so treiben bilden auf einmal nur ein Schaumgekräusel auf der mächtigen Woge, die ihr Massenschicksal ist.

Daß der Mensch der Moderne (das ist der »Heutige« von vor hundert Jahren!) zusammenhanglos lebt, empfindet und spricht, hat der Konservative früh beklagt. Aber war die »Zusammenhanglosigkeit« etwas anderes als das Versteck einer aufregenderen Ordnung, die wir Zug um Zug erst entdecken sollten? Die Teile tanzen, und es ist ein Tanz mit vielen Sprüngen und Kehren. Er bildet wohl auch ein schönes Ganzes, das offenbar intelligenter ist als das Denken in Zusammenhängen, die wir nicht mehr erkennen können.

Ich weigere mich, dies Zimmer noch einmal zu betreten, in dem ich, von Bekenntniseifer blind, drei Jahre lebte. In dem ich auf eine besonders unentschuldbare Weise war und nicht war. Hier saß ich, auf eine bessere Welt versessen – und habe mir das Zimmer für alle Zeit verdorben.

Das Zimmer war alles, was mich außer meiner Kleidung schützte und barg, aber ich habe es verraten, als ich versuchte, ausgerechnet von hier aus in den globalen Mantel zu schlüpfen.

Pascal hatte seinen Abgrund, der immer mit ihm ging, schreibt Baudelaire.

Ich hingegen trage über dem Arm einen viel zu weiten leeren Mantel auf meinen Wegen. Mir scheint, es ist die abgezogene Haut von diesem Ungetüm der besseren Welt.

Die gegenwärtig sechs Milliarden männliche und weibliche Erdbewohner gehen früher oder später die *schwache* Paarbildung ein, die von keiner »Natur« befohlen, von keiner Religion gestiftet wurde. Es gibt zwischen Kinshasa und Lappland, Teheran und Auckland kein Paar, das nicht scheidbar wäre. Schließlich gibt es auch kein heilsgeschichtliches Paar, dessen Vorbild man sich, ähnlich der Passion Christi, der Lassenskraft Buddhas, in spiritueller Nachfolge oder frommer Verpflichtung unterwerfen könnte. Trotz Osiris und Isis, Shakti und Schiva, Yin und Yang, die alle nur als operationelle Gegensätze erfunden wurden. Das Paar ist der Rasse nirgendwo zum Religionsstifter geworden. Es konnte nie der Vereinigungs-Urgrund, konnte nie das Führungs-Prinzip an sich sein. Mani, Zarathustra, Jesus, Buddha, Sokrates, Konfuzius – eine Herrenriege, Zölibatäre, Einsame in Serie. Hätte die religiöse Begabung der Menschheit das heilige Paar und nicht das von Anbeginn fallende hervorgebracht, vielleicht wäre uns die Zersplitterung der Bekenntnisse erspart geblieben.

Das hohe Paar ist daher die einzige religiöse Nachbesserung, welche von der Literatur erbracht wird.

Man sieht Lichter glitzern auf dem düstersten Strom. Also muß man die Stellen des schönen Widerscheins erwischen, die im Verhalten und Gehabe der Menschen unversehens auftauchen. Man muß sie säuberlich isolieren und in den Rang kleiner Riten oder Artefakte erheben, um ihre Wiederholbarkeit zu provozieren.

Man fragt sich, weshalb die vielen Close ups der reicheren Gefühle, mit denen uns Filme unentwegt beschäftigen, anders als die Gewaltimpacts so wenig Einfluß auf unser Gehabe nehmen.

Die Außen-Figur wird ja bei den meisten Zeitgenossen, paradox gesagt, unbewußt vom Intellekt gesteuert. Es handelt sich um Gänge, Haltungen, eine gesamte Betragenskonvention, die nicht auf der Irrationalität von Bewegung und Erscheinung gründet, wie jeder Schauspieler sie beherrschen sollte, sondern auf zweckgerichteten Innerlichkeiten wie Vorteilssucht, Interessenverfolg, Gesinnungsvergütung etc. Aus diesen Antrieben entweicht ein Geist und wird zu einer Wolke, die anonymen Intellekt über alle niederrieselt, so daß auch jene eine nachlässige Figur abgeben, die ihn selbst gar nicht besitzen. Es ist, als wollte man aus der Überzahl an Brillenträgern unter den Passanten auf die Errichtung einer Gelehrtenrepublik schließen.

Digging Billie: Was sind das für Sprüche! Was für Lehren! Laß uns hervortreten, ins Freie! Wir, die wir nichts als *Untenstehende* sind, wie Simone Weil sagt. (»Die ich mich aus freien Stücken und fast hoffnungslos entschieden habe, den Standpunkt der Untenstehenden einzunehmen ...«) Sieh! Die große Schönheit der von Qualen Zerbissenen ... die Inferiore!

Mach dich nicht lächerlich. Sprich nicht so vollmundig mit dir selbst. Du hast keine eigene Stimme. Keine, um zu schreien, keine, um zu flüstern, keine, um zu überreden. Du hast ein mittönendes Organ. Ein paar Bänder, die von den Stimmen anderer zum Schwingen gebracht werden. Nimm das an. Krieche mit deinem Mund. Verkneif dir das Lachen nicht, wenn deine Mitwelt lacht. Du tönst nur mit, du tönst nur wider.

Gut. Ich habe nichts begonnen, ich habe dies und das hervorgebuddelt, in Erinnerung gerufen. Ist nicht *Repristinieren* ein eigenes Kulturgeschäft?

Die Untenstehende, ausgesetzt den zuckenden Böen des Übermuts und der Eitelkeit, eine fast ihrer Stimme beraubte Widertönende, Aufheulende im Sturm, Mitwispernde unter den Geistern und pfeifend wie die Kammer hinter der undichten Tür. Ich selbst bin der undichte Raum, der leere, in dem Ich fehle.

Du bist die, die niemand vernimmt. Der niemand etwas abgewinnen kann. Die man überall meidet. Der niemand traut. Die alle enttäuscht. Eine, die nicht dazugehört und die dennoch, abgelenkt von den Bäumen, immer weiter spricht. Überall in ihrem Garten spricht, einmal mit den Ahnen, dem längst verstorbenen Vater, dem fernen Sohn, ein andermal mit einem unbekannten Mann ... Es gibt keine Monologe. Alle Sprache spricht zu fernen Verwandten ... In meiner Minderung, in meiner nochmals und wiederum geminderten Minderung. *Auf Zehenspitzen die Untenstehende!*

Allein im Haus mit der uralten Mutter ... und mit ein paar *vollendeten* Versen. Da ist kein Strich mehr hinzuzufügen. Dreiundvierzig Jahre alt, der Sohn im Ausland und beruflich angebunden, so daß ihr ganz allein die Pflege der bettlägrigen Alten zukommt.

»Mir geht es gut, ich sterbe«, sagt die. Indem sie fest ihre Augen verschließt, ihre Sinne fromm zusammenfaltet, um ganz bereit zu sein. In utrumque paratus: sei auf alles gefaßt! Vollkommen reglos liegt sie, bereit, sich gleich durch das Nadelöhr zu zwängen. Aber es geht nicht, so sehr sie auch bereit ist, sie ist immer noch zu kräftig.

Und dann wieder die unsinnige Furcht, daß die Mutter sterbe, bevor dieser eine Band mit den Antonius-Versen *fertig* ist. Wo denn noch etwas hinzufügen?

Du mußt bitten ... Wenn niemand, nirgends ein Laut, dich beachtet, so ist das Beweis genug, daß du nichts wert bist. Du mußt bitten ...

Ja. Beweis genug. Der Beweis ist meine Grotte, meine Kapelle, mein ewiges Licht. Mein sicheres, mich umrundendes bergendes Wissen. Ich wäre, beachtet, immerzu draußen und müßte ja frieren.

Im Dienst trägt sie das schwarze Schulterfreie, dazu die tabakbraune Stola, zurückgeschlagen, während sie die Schultern vorbeugt, nackte Schultern, ohne die sie nicht schreiben kann.

Ja, Mutter. Ich weiß. Wir sind übriggeblieben.

Wir sind weniger als übriggeblieben, Kind.

Soll ich aufgeben? Ist aufgeben wie abdanken? Wenn ich aufgebe, werde ich kleiner oder größer?

Gib nicht zu früh auf, Kind. Gib nicht zu spät auf.

Immer wieder mit nackten Schultern, verrutschter Stola, beugt sie sich vor und klaftert, legt die Arme aus, wie lakenziehend, die Schultern fast waagrecht über den Dielen, langhin glattstreichende Bewegungen dicht über dem Boden, leer in der Luft, ohne Pflegepersonal, immer büßend, auch fern vom Bett der Mutter, irgendwo in ihrem Zimmer, oder sind es ausufernde Schreibbewegungen? Oder übt sie: Glattstreichen das große Schreibblatt oder das Bahrtuch der Mutter?

Aber welch eine Verwechslung! Billie lag auf einmal vorn. Verendete binnen Jahresfrist an der akuten Weißblütigkeit. Ihre uralte Mutter aber *konnte* nicht sterben und las noch einige Male in den Antonius-Versen. Sie waren dem *Andenken meiner Mutter* gewidmet.

Der Tag im Winterlicht liegt wächsern-durchsichtig wie die Haut eines vom Tod Erleuchteten. Das zarte, dunkle Gefieder der kahlen Erlen, der Farbdunst, schwarzviolett, über dem See, den gerade der Nebel verläßt.

Endlich gibt es und kommt demnächst auf den Markt, worüber ich früher einige Phantasien schrieb: pharmakologisch steuerbare Gedächtnisprozesse. Nachdem man die körpereigenen Stoffe, etwa cannabisähnliche, entdeckte, die aktivierende oder inhibierende Wirkung besitzen, lassen sich nun die entsprechenden »Memory Pharmaceuticals« anpassen. Präparate, die Erinnerungen wecken oder, unangenehme, löschen.

Wer seine Erinnerungen erzählt, befindet sich nicht im Zustand der Erinnerung. Wer aber erinnert, dem wird täglich neu, was verging – es verging ihm zu. Und sein ganzes Wesen ist Gleichnis für das Gewesene, nach dem ihm verlangt.

Vergangenheit ist nur von ihr überwältigt zu haben. Wie der Zustand vor einem epileptischen Anfall. Das Subjekt tritt in die Aura seiner Einstmaligkeit. Das abnehmende Leben ist nicht schwach und faul, es betreibt eine fleißige Produktion von synthetischen Damals-Stoffen. Es verwendet zur Herstellung von *wertvoller Sentimentalität* auch das Damals fremder Zeiten. Älterwerden in einer untraditionalen Welt muß vollkommen aus eignen Stücken bewältigt werden. Irgendwo muß es sich Stütze und Stoffe beschaffen, es muß sich das Leben rückwärtig erweitern und überall Bestände des Vergangenen nutzen. Dann wird Sentimentalität eine Konter-Aufwallung zu Begierde und Wollust, die nur die reine Gegenwart kennen. Das Ich erlebt den Exzeß der Verlorenheit in seiner Gegenwart. Alles ist bergender, selbst die unseligste Erinnerung, als die wüste und nackte, die unvergangene Stunde.

Es ist richtig, daß wir da, wo wir waren, nie waren. Die Heimat bleibt von uns immer unbewohnt (so ähnlich Ernst Bloch). Das Erinnerungsbuch ist in Wahrheit eine Suche nach dem Sentimental-Begriff, ein unablässiges Deuten einer apokryphen Gefühlsschrift, vorgenommen von jenem »Ingenium der Ungenauigkeit«, das man einem Shakespeare-Buch von Edmund Gosse attestierte, weil es eine so überraschende Menge an Fehlern enthielt. (Es handelt sich um jenen berühmten, sein Lebtag, 1849–1928, dem Vater anhängenden Sohn von Philip H. Gosse, einem führenden Zoologen seiner Zeit, der dem Jungen stets die Lektüre schöngeistiger Bücher untersagte und ihn streng unzeitgemäß auf sein Anti-Darwin-Weltbild verpflichtete.)

Erinnerungen sind Ausstrahlungen geheilter Zeit. Nicht etwa bloß vergangener oder verlorener Tage. Was ich erlebe, was mich erschüttert und betört, wie kann es verloren sein?

Sentimentalität ist das treffende Wort, doch kein Mensch wird es im Deutschen zum Positiven wenden können. *Mentalität* ist nur die geringere Hälfte.

Dem Wort Sentimentalität geht man nicht weiter nach. Da versperrt eine aufgeklärte Blasiertheit den Weg. Mühsam müssen wir uns Zugang verschaffen zu den feinsten Wirren unserer Zeitlichkeit, dem Unausgleichlichen zwischen Jetzt und Einst. Weder Sprache noch irgendein anderes Medium vermag die inflammatorischen Zustände wiederzugeben, in die uns die limbischen Gefüge versetzen, das senti-mentale Netzwerk schlechthin. Doch eben diese Zustände stimulieren umgekehrt auch unsere feineren Begriffe, Differenzierungen und Nuancen, sobald wir, etwas ernüchtert, zur Sprache zurückkehren.

Sentimente sind mehrdimensionale Gebilde. Sie besitzen nicht nur eine raumzeitliche, sondern auch eine mystische Ausdehnung, eine Nu-Komponente. Ich erinnere mich: ich werde von geheilter Zeit berührt oder sogar entrückt. Außerdem lädt die Erinnerung die Sehnsucht auf, sie formatiert die Zukunftserwartung. Natürlich ist jede Erinnerung Teil und Baustein einer tradierten, überpersönlichen Kultur des Erinnerns, aber sie ist klar zu unterscheiden vom Gedenken und dem Gedächtnis, von der durchaus sentimentlosen Bearbeitung von Vergangenheit, wie Politiker oder Historiker sie betreiben. Schließlich gehört zu den erfolgreichen Sentimenten auch die *ganz reale* Dimension der Täuschung. Sie produzieren zu 80 Prozent Illusion und streuen damit ein lebenswichtiges Opiat ins Blut.

Wahrscheinlich hat Proust alles Wesentliche zur wertvollen Sentimental-Sphäre gesagt. Zum Beispiel, daß sie wie ein Blitz über einen kommt und nichts mit Gedächtnisleistung zu tun hat. Jede heftige Entrückung ist ein Zufallstreffer. Memoria würfelt. Zum Gewesenen gibt es nur den random access.

Allerdings meinte Proust, daß das »Zeitalter der Hast« nichts Entscheidendes an der Art unserer Kontemplation ändern werde. Nun führen die Leute eben mit Autos vor die Kathedralen, um sie dann ausführlich zu betrachten. Hier verkennt er wohl, daß die verschiedenen Einflußsphären von künstlicher Schnelligkeit auch die natürlich schnellen Sinne beeinflussen. Sowie heute die Beschäftigung mit geistnachahmenden Instrumenten ebenfalls den Geist nicht unverändert läßt. Auch wissen wir inzwischen, daß der massenhafte Zug der Autos und Kathedralenbesucher wenig zur Förderung einer kontemplativen Lebensart beitrug. Statt dessen wäre es angebracht, analog zum Energieerhaltungssatz von einem *Langeweileerhaltungssatz* zu sprechen. Die Menge an erlebter Langeweile nimmt im Wechsel der Zeiten und Gesellschaftsformen weder zu noch ab. Wir haben jenseits von Hast und äußeren Beschleunigungen jeder sein kritisches Maß an Aufenthalt, an Jahrevertun, an Passivität, an offenem Hinnehmen von Zeit zu bestehen. Mit anderen Worten: nichts Neues von der Langeweile!

Was ist gewesen? Frage der Fragen. Nicht um meiner Bergung, sondern meiner Ausbarkung willen erinnere ich. Ich entsinne mich: ich suche den Vorgeschmack einer Unschuld, die erst der Tod mir wiederbringt.

Nur das *Werden* ist einmal wirklich ge*wesen*. Das Leben selbst ist nur eine unauffällige Konsonantenverschiebung. Die Kindheit ist nicht verloren, sie ist nicht einmal vergangen. Es ist nichts weiter geschehen, als daß sich ein gewaltiges Versprechen in ein unerfüllbares wandelte. Nur das Herz, ungerührt wie Kristall, erhält die glitzernde Quelle.

T'ao Yüan-ming (365–427), he was not highly esteemed by his contemporaries, er schrieb das Trilog-Gedicht »Substance Shadow, and Spirit«:

»Wer wird's merken, daß einer weniger unter uns ist?
Freunde und Kinder, werden sie sich deiner erinnern?
Was bleibt, sind die Dinge, die man benutzt hat.
Lauter Sachen, deren Anblick weh tut, und man weint ein bißchen.«

(Was hat er gesagt? Von mir bleibt, was ich benutzt habe? Die Stühle, die Kleider, das Weinglas. Nichts, was ich geschaffen habe, bleibt von mir ... Ja, weshalb auch?)

»When the body perishes the name fades too ...
Der Große Töpfer arbeitet nicht am einzelnen Schicksal.
Zehntausend Muster hat er in die Welt gesetzt
und achtet, daß sie nun in
unzähligen Varianten ineinanderspielen.«

Am Pult vor meinem breiten Fenster steh ich wie ein Redner, der nur hört. Der sich die Brust aufreißt vor einem Saal voll Buchen, Schneehügeln, Krähen und Nebellachen. Vor diesem Wintersaal bin ich der Angesprochene, der seinen Mund nur zum Staunen öffnet.

Niemand ist mehr als irgendwer, lautet ein kastilischer Spruch, den Antonio Machado von einem Hirten hörte.

Leben oder Was einem dabei durch den Kopf ging. Was kam und ging. Was einem entging. Still Leben. Der Fisch sieht nicht den Fluß, mit dem er schwimmt. Das Bewußtsein nicht das Licht, mit dem es zieht.

Es ist alles noch so neu für mich. Der Satz, mit dem man die Fremde entdeckt, wurde zu ihrer stehenden Redensart. Billies Mutter zeigte das Verhalten eines scheuen Menschen, der urplötzlich in seinem engsten Umkreis über das Gewohnte und Gewöhnlichste nur noch »Verwunderung bis zur Bestürzung« (Petrarca) empfindet. Die Wohnung war dieselbe, in der sie ihr halbes Leben verbracht hatte – minus Vertrauen. Der Ginster im Vorgarten war aber derselbe, an dem sie sich in jedem Frühjahr erfreute – minus Vertrauen. Vorsicht und Verwunderung war alles, was ihr geblieben, und das immer Gesehene erschien ihr wie nie zuvor gesehen. Vorsicht und Neugier lenkten ihre Schritte selbst in ihrem kleinen Zimmer, in dem ihr das Vertrauen geraubt wurde. Der Raub des Vertrauens, etwas von der Seele Abgehauenes, Apokope, keine Offenbarung, sondern ... *'barung*. Ein jähes Barwerden: bei sich zu sein in der Fremde. Ganz ohne die hilfreiche Tochter.

Ein erstes blasses Grün, meisenbauchfarben, und manches auch wie überfrorenes Königsblau, blaumeisenkopffarben. Kaum fließt die erste milde Luft durch die Bäume, so wippen die Vögel schon zu dritt auf dem Zweig und wiepen und spielen sich Paarfindungsstreiche.

Noch ist der Wald nicht wieder da. Vor seiner ersten großen Offensive tritt der Frühling auf der Stelle. Nur die Buchen von mittlerer Höhe sind schon ausgeschlagen. In diesen Höhen flirrt eine rötlichbraune Tönung von Knospen und Stippsen. Die alten Äste umhüllt ein junger verklärender Dunst. Auf meinem langen Gang über schön gewundene Holzfällerwege habe ich in den Lichtungen die ersten Kraniche aufgeschreckt, die sich trötend und grölend beschwerten. Der Trittschall des Menschen scheint sie über den Waldboden auf mehrere hundert Meter zu warnen.

Das Hausrotschwänzchen erkenne ich leichter an seinem schiefergrauen Nacken als an seinem rauchigroten Bürzel. Aufstieg Grün und Fliegen. Die Wärmespinner in den Schlehenblüten. Sacrificium intellectus, also doch ein Frühlingsopfer. Trommelfeuer des Spechts. Veitstänze der ersten Wespen auf der Fensterbank, von inneren Reisen im Kreis gedreht, wie es auch anderen ergeht, die ihren Richtungssinn in der Phantasie verloren.

Tausend feine Blütenaugen mit aufgeworfenen Wimpern trägt der spät ausschlagende Schlehenbaum an der östlichen Genze meines Parkwäldchens. Von dort strömt auch der Liebesduft der Traubenkirsche, auch sie ein beleibter Baum in seinem Blütenrausch, aufgestiegen und entrückt: die Einsame in ihrem Hochzeitskleid. Und feiert überschwenglich ganz allein das Fest.

Nun ist auch die Hügelkuppe mit weißen Maßliebchen gesternt. Himbeerfarben und altrosa die Blüten der Zwergspiräen, die den Boden der Böschung bedecken. Was *noch* kann ich sehen? Was strahlt? Zwei hohe breite Deuzienbüsche mit weißen Blütenschellen neben dem Hainbuchenbogen, dem Tor zum Teichgarten, kein

Teich, ein umpflastertes augenförmiges Wasserbassin, ein flacher Brunnen. Warum weht auf dem Hügel alles so, wo doch kein Wind geht? Der Stieglitz mit blutroter Gesichtsmaske und zitronengelbem Flügel beginnt seinen Unschlüssigkeitstanz, nach links, nach rechts sich unruhig wendend. Und ich in ihm.

Alles kommt wieder – das ist das Gegenteil einer Wiederholung! Die taufrische gelbe Krätze des Löwenzahns auf der Weide. Aber das ist nicht der Grashalm des letzten Jahrs! Nur das Gestaltmuster bleibt sich gleich. Doch jede einzelne Form ist neu und nie gewesen.

Die geschädigten Rotbuchen haben mit den Jahren ihre Kronen zurückgesetzt, sie bilden sie jetzt eine Etage tiefer aus, der kahle tote Wipfel bleibt für Taube, Bussard und Turmfalken frei. Ich sorge mich bei jedem einzelnen meiner hundertzwanzigjährigen Recken, daß sie mich überleben.

Die Weiße Dame unten in der Wiese – in einer Halbmondnacht im Mai –, das ist der Kirschbaum, und das frische Leben ein bleiches Gespenst.

Über die Zeit läßt sich alles sagen. Freigegeben für tausenderlei müßige Gedankenspiele, schärfsten Berechnungen unterworfen, ist sie doch niemals zu einer anbetungswürdigen Größe geworden. Wir können mit ihr umgehen, und doch besiegt sie uns. Wir schalten und walten mit ihr, solange wir können, aber niemals empfinden wir Ehrfurcht vor ihr, weil nichts Gott entgegengesetzter sein kann als sie. Wie unverständlich sind uns einige der Innen- und Außenerfahrungen, die Menschen anderer Epochen und Kulturen mit ihr hatten und noch haben! Augustin, die chinesischen Dichter-Eremiten, Shakespeare und wer nicht sonst haben ihr soviele Rätsel, Bilder und Paradoxe gewidmet, die sie alle nicht faßbarer machten. Metapherntolerant wie sie ist kaum etwas anderes auf der Welt, so daß man schier alles mit ihr vergleichen könnte. Und sich am Ende nach einem einzigen versunkenen sumerischen Schriftzeichen sehnt, dem Zeichen zugleich für das ratlose In-der-Welt-Sein wie für eine Grenze, die die Ausbreitung beliebiger Zeit-Rhetorik mit einem Mal beendete.

Hier, wo die Bescheidenheit nur größer wird, wenn der Frühaufsteher durch die grünen Triumphbögen schreitet und die sich wiegenden Birken salutieren, Bescheidenheit schon beim ersten Augenaufschlag, weil du mit deinem noch so feinen Beachten und Widerspiegeln nur auf Ungerührte stößt. Die Gräser und Gewächse machen nicht Figur für dich, Bäume und Seeufer sind nichts als das Ihre. Ihr Erscheinen ist vollkommen in sich gekehrt, und du mußt etwas von dir dazutun oder hineinwerfen, wenn sie dir näher kommen sollen. *Dich* lockt keine Blume, *dir* bietet kein Baum Schutz, du mußt ihn suchen. Alles was dich erfreut, steht kühl und spröd vor dir. Hier draußen siehst du Tag für Tag, was dir nicht zugehört, was nichts von dir will.

Wiegt sich also nicht in Bedenken oder gar Unzufriedenheit, die schwarzblättrige Birke? Wie hoch hinaus ist sie gekommen in den letzten Jahren, höher als ihre Schwester, die grünblättrige. Doch! Beide wiegen sich in stillen Sorgen. Warum es anders sehen? Wir sehen die Dinge ohnehin nach unserem Maß, weshalb sie nicht ganz und gar den menschlichen Bedeutungen einberaumen? Wir machen *uns* Bilder, wir machen *uns* sogar ein Bild von der unfaßlichen Welt als einem globalen Dorf, und das ist nicht weniger naiv und animistisch als meine Bäume, die sich in Sorgen wiegen. Bildlos und nackt ist von allen Dingen nur der Apparat der Kognition, der diese Bilder herstellt.

Es ist eine lange leere Heldenhalle von dichtem Buchenlaub, die du betrittst, in der vereinzelte Erscheinungen der Kunst- und Tatengeschichte irrgeistern, Fritz Langs Siegfried zu Pferd im Strahlenfächer der Lichtung. Dann wieder wird's ein unzugänglicher Wald, der sich verschließt vor deinem Zeit-Vergehen. Und es besteht nicht die geringste Hoffnung, daß ein rühmliches Ende dich zwischen die Bäume versetzt, wie den antiken Helden unter die Sterne. Statt des Sterns für eine Ewigkeit wäre mir lieber die mittlere dorrige Dauer!

Nach dem Streifzug am Morgen werden zu Hause das Hemd, der Pullover, die Hosen über der Badewanne ausgeschüttelt – nicht nur Mulm, Gräser, Erde rieseln aus den Taschen, sondern auf einmal auch Glasperlen, Goldstücke, Rüstungsscharniere, Gemmen und winzige Fruchtbarkeitsamulette ... Du warst tiefer im Wald als an anderen Tagen. Weit fort bist du gewesen.

Der Park
Schauspiel
1983. 127 Seiten

Der junge Mann
Roman
1984. 387 Seiten

Diese Erinnerung an einen,
der nur einen Tag zu Gast war
Gedicht
1985. 73 Seiten

Die Fremdenführerin
Stück in zwei Akten
1986. 76 Seiten

Niemand anderes
1987. 219 Seiten

Besucher
Die Zeit und das Zimmer
Sieben Türen
Drei Stücke
1988. 224 Seiten

Fragmente der Undeutlichkeit
1989. 64 Seiten

Angelas Kleider
Nachtstück in zwei Teilen
1991. 72 Seiten

Schlußchor
Drei Akte
1991. 97 Seiten

Theaterstücke I
1991. 504 Seiten

Theaterstücke II
1991. 520 Seiten

Beginnlosigkeit
Reflexionen über Fleck und Linie
1992. 133 Seiten

Das Gleichgewicht
Stück in drei Akten
1993. 86 Seiten

Wohnen Dämmern Lügen
1994. 208 Seiten

Ithaka
Schauspiel nach den Heimkehr-Gesängen
der Odyssee
1996. 102 Seiten

Die Fehler des Kopisten
1997. 206 Seiten

Die Ähnlichen
Der Kuß des Vergessens
Zwei Theaterstücke
1998. 176 Seiten

Jeffers Akt I und II
Theaterstück
1998. 72 Seiten

Der Aufstand gegen die sekundäre Welt
Bemerkungen zu einer Ästhetik der Anwesenheit
1999, erweiterte Auflage 2004. 107 Seiten

Theaterstücke III
1999. 376 Seiten

Das Partikular
2000. 224 Seiten

Der Narr und seine Frau heute abend in Pancomedia
Theaterstück
2001. 144 Seiten

Unerwartete Rückkehr
Theaterstück
2001. 64 Seiten

Die Nacht mit Alice,
als Julia ums Haus schlich
2003. 150 Seiten

Unter den namhaften Schriftstellern der Gegenwart bleibt Botho Strauß einer der wenigen, die eine literarische Alternative bieten, eine Alternative zu jenem arglosen Narzißmus, in dem sich viele deutsche Erzähler gefallen, und zu jenem omnipotenten Realismus, mit dem immer wieder die Amerikaner verblüffen. Den emphatischen Anspruch, den man an Literatur stellen muß, daß sie uns nämlich eine andere Welt des Wahrnehmens und Denkens eröffne, verkörpert Botho Strauß mit anhaltender Kraft.
Ulrich Greiner, *DIE ZEIT*

Strauß setzt noch immer hartnäckig voraus, daß die Welt besser gedacht, besser gemeint war, als sie seit langem ist, daß sie, wenn sie Besseres auch nicht mehr verdient hat, doch Besseres zumindest einmal kennengelernt haben müsse – und sei es nur in besseren Träumen, als sie uns heute gegeben sind.
Hubert Spiegel, *Frankfurter Allgemeine Zeitung*

Mit seiner poetischen Technik gelingt Strauß sein erstaunlicher Zugriff auf die Triebwelt der Menschen, die in jedem konventionellen, pfiffigen Erzählrahmen durch die Stereotypen der sozialen Rollen verdeckt und ummäntelt würde.
Ijoma Mangold, *Süddeutsche Zeitung*